Frank Schwarz

Vollendete Tatsachen

Eine Komödie in zwei Akten

Printed in Germany

ISBN 978-3-7323-6768-9 (Paperback)

ISBN 978-3-7323-6769-6 (Hardcover)

ISBN 978-3-7323-6800-6 (e-Book)

„Was alle angeht, können nur alle lösen. "

Punkt 17 aus den 21 Punkten der ›Physiker‹
von Friedrich Dürrenmatt

Personen

IM BUNDESKANZLERAMT

Frau Doktor

Angela Theodora Makel — *Bundeskanzlerin*

Sigmar Michael — *Vizekanzler & Wirtschaftsminister*

Mohammed de Nerziere — *Innenminister*

Argus Schäufele — *Finanzminister, blind*

Ephraim M'Bargo — *Außenminister*

Peter Jungmüller — *Chef des Bundeskanzleramts*

Herr Schacher ⎫
Herr Wahn ⎬ *Das Triumvirat*
Bischof van Elster ⎭

Schwedin — *Exmat & Expertin*

Personen

AM ESSZIMMERTISCH

Till Bonkerbauer — *Vater*

Helena Bonkerbauer — *Mutter*

Delphi Bonkerbauer — *Tochter*

Hedon Bonkerbauer — *Sohn*

Victor Frey — *Delphis Freund*

Inhalt

VOLLENDETE TATSACHEN

Eine Komödie

Erster Akt

Ort: Berlin Mitte, genauer noch, das Regierungsviertel in nicht allzu weit entfernter Zukunft. Zu allen Seiten zeichnet sich das geschundene Panorama einer einst bezaubernden Weltstadt im Sonnenaufgang ab. Die Sicht ist vollkommen klar, keine Wolke steht am Himmel. Auf dem Platz der Republik tummeln sich bereits die ersten Touristen und knipsen Selfies vor der neuen Einigkeitsflagge in Europafarben. Über ihnen, im Giebel des Reichstages, prangt die erst kürzlich auf Petition angebrachte neue Inschrift: „Der Menschheit". Etwas weiter das Spreeufer hinauf, finden derweil die Entstuckungsarbeiten am neuen Berliner Stadtschloss statt. Nachdem man sich aus Kostengründen gegen die erneute Sprengung entschieden hatte, war es zumindest naheliegend gewesen, die deutschtümmelnde Scheußlichkeit auf ein dem toleranten Kreuzberger ästhetisch erträgliches Maß zu reduzieren.

Fernab vom Schloss und dem Regierungsviertel entsteht derweil die Willkommenssiedlung Tempelhofer Feld auf der gleichnamigen ehemaligen Freifläche. Die Planung zum Bau des gewaltigen Sozialbaukomplexes aus Plattenbauten und Hochhäusern hatte zunächst den empörten Unmut der ortsansässigen Kaninchenpopulation, allen voran aber des überwiegend grünen Wählerklientels geweckt. *Als dann aber bekannt wurde, dass die Siedlung für Flüchtlinge vorgesehen war, verstummten die kritischen Stimmen. Es wollte nun wirklich niemand Seite an Seite mit Wutbürgern gesehen werden. Ein unerwarteter, doch freudig angenommener Nebeneffekt war indes das rasante Absinken der Wohneigentumspreise im Umfeld der entstehenden Siedlung. Gleichwohl konnte sich niemand erklären, woher diese plötzliche Entwicklung nun rührte. Man einigte sich schließlich darauf, dass sich da wohl ein paar Investoren verzockt hatten. Und das war auch gut so. Doch war es mitnichten ein Zufall gewesen, dass der Berliner Stadtrat beschloss, bei der Verteilung der Flüchtlinge nach Ethnie und Religion vorzugehen. Denn man wollte humane Prinzipien anwenden und beisammen lassen, was zusammengehört. Auch damit es auf den separaten Spielplätzen vor den Gebäuden nicht zu Kleinkriegen zwischen Großfamilien kommen konnte. Allgemein bedeutet die nunmehr vierte Amtszeit Angela Theodora Makels ein Aufräumen mit verstaubten Konventionen und überkommenem Nationalismus. Nachdem die Kanzlerin sich während des letzten Wahlkampfes klar und mutig dazu bekannt hatte, dass sie die Belange der Deutschen im Grunde keinen Deut interessieren, war auch der formale Wegfall dieser ersten vier Buchstaben nur noch eine bürokratische Angelegenheit gewesen. Außerdem – Hand aufs Herz –*

lässt sich „Schland!" sehr viel besser johlen, wenn man anlässlich der Weltmeisterschaft mal wieder die alten Farben aus dem Keller holt und bereits genug Kurze intus hat, um einen Pottwalembryo zu konservieren.

Wenden wir uns nun vom baulichen Neuland Berlins hin zum eigentlichen Zentrum der Macht: Dem Bundeskanzleramt. Mittlerweile ist im Elefantenklo das Leben erwacht. Es werden Hände geschüttelt, Klinken geputzt und Gefälligkeiten eingefordert. Hin und wieder sieht man einen Trupp Handwerker arbeiten, die fleißig versuchen, die baufällige Moderne irgendwie zusammenzuhalten. Ganz unten im Foyer finden sich derweil die ersten Bitt- und Antragssteller ein. Doch wollen wir uns nicht mit den Sphären des gewöhnlichen Volks aufhalten. Widmen wir uns stattdessen dem Büro der Bundeskanzlerin, ganz oben im siebten Stock. Die Ausstattung des Zimmers ist gewollt spartanisch, schmucklos und kühl. Grauer Teppichboden, im Hintergrund die Silhouette des Reichstages. Vor den Fenstern eine Sitzecke weißer Polstermöbel.

Noch weiter vorne stehen einige, ausschließlich schwarze Schachfiguren von der Größe gut geratener Vierjähriger. Es stehen die Dame, eine Handvoll Bauern, ein Läufer und der Turm. Die restlichen allerdings liegen bereits wild durcheinander auf dem Boden. Alle mit einem feinen, weißen Schuhabdruck der Größe 38 versehen. Die Partie scheint gänzlich ohne König und Gegenspieler zu funktionieren.

Links zur Wand, unmittelbar vor der einzigen Tür, steht ein spärlich bestücktes Bücherregal, dessen Farbe sich am ehesten mit Ikeakiefer beschreiben lässt. Dahinter ein gewaltiger dunkler Schreibtisch. Er ist unbesetzt. Darüber hängt ein Ölgemälde. Konrad Adenauer blickt mit der üblichen Mischung aus Überlegenheit und Herablassung auf den tumben, ausgebombten Pöbel herab. Vereinzelte Ansätze, die nicht mehr ganz so neue Nüchternheit mit Blumensträußen aufzulockern, wirken zwangsläufig wie der Versuch, die Berliner Mauer durch die Begrünung mit Totenkränzen zu verschönern.

Doch soll der gute Willen des Floristen hier nicht weiter lächerlich gemacht werden, handelt es sich immerhin um ein paar sehr schöne Arrangements.

Rechts eine weitere Reihe Fenster mit herrlichem Blick über den Tiergarten. Davor stirbt lautlos eine Topfpalme.

Quer zur Glasfront steht ein schwarzer Konferenztisch mit gleichsam schwarzen Stühlen aus Edelstahl und Leder.

Die erste Dame der Republik hat soeben mittig daran Platz genommen. Geschlafen hat sie seit gestern nicht. Stattdessen hatte sie die Nacht zur Krisensitzung in Brüssel zugebracht. Denn ihr Arbeitstag kennt keine Pausen. Die Wahrheit ist, dass die Frau Doktor sich immer im Dienst befindet.

Immer im Verdienst um ihr Volk – oder besser ge-sagt – ihre Bevölkerung. Einzig ihre Garderobe hat sie kurz gewechselt. Nicht, dass dies einen Unterschied machen würde. Gekleidet in die immer gleichen, stets farbenfrohen Zweiteiler, verkörpert sie auch sinnbildlich den unbedingten Einheits-willen ihrer Generation. Von der ihr sonst so typischen Ruhe und Gelassenheit ist indes nichts auszumachen. Denn die Kanzlerin müht sich gerade nach Kräften, die Funktionen ihres neuen – garantiert abhörsicheren – Smartphones zu verste-hen, einem persönlichen Geschenk des US-Präsi-denten. Ungeduld und Verwirrung geben sich ein wechselvolles Spiel und lassen die Mundwinkel immer weiter hinabgleiten, bis weit unter das, was anatomisch möglich erscheint. Mit diesem Gesicht vor Augen beginnt, wir befürchteten es bereits, ein neuer Arbeitstag; jeder Krisensitzung folgt unver-meidlich die nächste. Die Tür öffnet sich und Innenminister Mohammed de Nerziere betritt das Büro.

DE NERZIERE Guten Morgen.

Die Kanzlerin schaut auf, legt das Smartphone zur Seite. Ein Lächeln erhellt ihr Gesicht.

MAKEL Guten Morgen, mein lieber Mohammed. Wie war Ihr Wochenende?

DE NERZIERE Großartig. Ich hab' mich mit ein paar Freunden zum Shisha-Rauchen getroffen. Danach waren wir noch unterwegs und haben die Stadt unsicher gemacht. Ihres in Brüssel war nicht so berauschend?

MAKEL *ernst* Diese elenden Osteuropäer. Egal was ich ihnen zusage oder drauflege, sie weigern sich partout, weitere Muslime aufzunehmen.

DE NERZIERE Nicht einmal ein paar tausend?

MAKEL Nicht mal einen einzigen konnte ich vermitteln. Tschechien hat sich bereit erklärt, ein Kontingent irakischer Jesiden aufzunehmen. Polen nimmt noch ein paar Syrer auf. Aber nur unter der Voraussetzung, dass es Christen sind.

DE NERZIERE *Er nimmt ihr gegenüber Platz, breitet seine Unterlagen aus.* Machen Sie sich keine Vorwürfe, Sie tun ja bereits alles, was in Ihrer Macht steht.

MAKEL Ja, aber es ist zu wenig.

DE NERZIERE *schüttelt nachsichtig den Kopf* Gönnen Sie sich doch wenigstens mal einen Moment Ruhe.

MAKEL In der nächsten Legislaturperiode vielleicht.

De Nerziere lacht. Sie nicht. Er verstummt, sinkt auf seinem Sitz zusammen und widmet sich eilig seinem Smartphone. Es klopft an der Tür.

MAKEL Es ist offen.

Der Vizekanzler betritt den Raum. Er breitet die Arme aus und watschelt auf die Kanzlerin zu.

MICHAEL *überschwänglich* Genau wie unsere Herzen, Brieftaschen und Grenzen. Einen wunderschönen guten Morgen!

Die Kanzlerin versucht, der wogenden Gestalt auszuweichen, schafft es aber nicht mehr rechtzeitig. Sie verschwindet fast gänzlich in seiner Umarmung.

MAKEL Huch. Äh, ja, ich freue mich auch, Sie zu sehen, Vizekanzler.

MICHAEL *drückt sie noch etwas fester* Ach, ich gebe es offen zu. An Tagen wie diesem wäre ich viel lieber zu Hause und würde mit meiner Tochter etwas aus Rosskastanien basteln. Aber die Pflicht!

MAKEL *keucht* Ja, die Pflicht. Ich verstehe, was Sie meinen.

Ihr gelingt es durch Wegducken, sich seiner zu entziehen.

MAKEL Genug geschmust. Ist unser Außenminister schon im Haus?

MICHAEL Der wollte sich noch einen Kaffee holen, müsste eigentlich jeden Moment –

Die Tür springt auf und Außenminister M'Bargo marschiert in das Zimmer, in der linken Hand eine Tasse Kaffee, die jeder Beschreibung spottet. Eigentlich handelt es sich mehr um ein Gefäß in der Größenordnung eines Sandkasteneimers. Er nickt in die Runde.

M'BARGO Morgen.

MAKEL Guten Morgen, Ephraim. Haben Sie gut geschlafen?

M'BARGO Ja. Nein. Gar nicht. Egal. *Er nimmt einen großen Schluck, noch während er zum Tisch eilt.* Ah! Grausig! Das Zeugs schmeckt ja scheußlich. Was ist das?

MAKEL Äthiopischer Hochlandkaffee von einem unserer Entwicklungsprojekte in Afrika. Die örtlichen Schulkinder pflücken ihn in ihren Pausen. Meine Herren, setzen wir uns doch.

Die Kanzlerin nimmt ihren Platz wieder ein. Ihr Vize setzt sich an das Tischende, der Außenminister zu dessen Linken.

M'BARGO *zückt sein Smartphone* Memo an mich: Wirtschaftssanktionen gegen Äthiopien verhängen. Von dem Zeugs hier bekomme ich sonst noch ein Magengeschwür.

MAKEL Aber mein lieber Ephraim, denken Sie doch an die Kinder!

DE NERZIERE Die armen Kinder!

MICHAEL Die armen, armen Kinder!

M'BARGO Na, schön. *Er löscht die letzte Aufnahme.* Bring ich halt in Zukunft meinen eigenen mit.

DE NERZIERE *leise* Die Kuffar haben ohnehin keine Ahnung von Kaffee.

MAKEL Ich eröffne. Zunächst einmal lässt sich Finanzminister Schäufele entschuldigen. Er muss noch die Entwürfe zum Kernenergiekehrtwendegesetz sowie zum italienischen Rettungspaket durchgehen. Das hat Vorrang.

DE NERZIERE Aber warum sind wir dann überhaupt hier versammelt, wenn der Finanzminister fehlt?

MAKEL Lassen Sie die Finanzierung meine Sorge sein.

MICHAEL De Nerziere hat Recht. Dieser schwäbische Knauserer ist in letzter Zeit besonders geizig.

M'BARGO Hartherzig geradezu.

MAKEL Deshalb werde ich ihm heute Mittag auch persönlich auf den Zahn fühlen. Unter zwei Augen. Bisher bin ich mir mit Herrn Schäufele immer einig geworden.

Murrend bekunden die Abgeordneten ihre Zustimmung.

MAKEL Kommen wir also zum Thema unserer heutigen Sondersitzung. Wie Sie sicher bereits

wissen, haben sich die europäischen Mitglieds-
staaten wiederholt gegen die weitere Aufnahme
von muslimischen Flüchtlingen ausgesprochen.

DE NERZIERE Abscheulich.

M'BARGO Widerwärtig.

MICHAEL Ein Skandal!

MAKEL Darum bleibt uns nichts Anderes übrig, als
auch weiterhin alle, die da kommen, bei uns willkommen zu heißen. Herr Innenminister?

DE NERZIERE Uns ist es gelungen, ein weiteres Dorf
in Mecklenburg-Vorpommern zu konfiszieren.
Es besteht ein Leerstand in mehr als der Hälfte
aller Wohn- und Gewerbegebäude. Die Gemeinde besteht überwiegend nur noch aus Senioren,
daher rechnen wir auch nicht mit besonders viel
Widerstand vonseiten der Anwohner.

MAKEL Wundervoll. Wie viele Flüchtlinge können
wir dort unterbringen?

DE NERZIERE *blättert* Vorläufigen Schätzungen nach
etwa dreitausend. Gegebenenfalls auch das dop-
pelte. Die Sanierungsarbeiten laufen bereits an.

MICHAEL Gute Neuigkeiten!

M'BARGO So ist es.

DE NERZIERE Des Weiteren planen wir die Enteig-
nung in drei anderen Gemeinden. Davon zwei in
Sachsen-Anhalt und eine in Thüringen.

MAKEL Meine Herren, ich denke wir können mit
Stolz behaupten, dass diese Anstrengungen
wahrhaft historisch sind.

MICHAEL Nicht nur kleckern, sondern klotzen.

M'BARGO Fakten schaffen!

MAKEL Wie lauten die weiteren Prognosen?

DE NERZIERE Aktuell nennen etwa zweieinhalb Millionen Flüchtlinge die Bundesrepublik Schland ihre Heimat. Wir rechnen damit, bis Jahresende die drei Millionen Marke zu erreichen. Zentralafrika hat sich kürzlich auf den Weg gemacht.

MAKEL Wie ist der Rückhalt in der Bevölkerung?

DE NERZIERE Erneut sinkend. Wir verlieren zunehmend auch die Stimmen unserer Stammwähler.

M'BARGO Diesem grässlichen Rassismus ist einfach nicht beizukommen.

MAKEL Auf Dauer können wir einen solchen Schwund an Wählerstimmen nicht verkraften.

Schweigen.

MAKEL Ich fürchte, wir werden die Grenzen wieder dichtmachen müssen.

M'BARGO *entsetzt* Aber Frau Kanzlerin, die Flüchtlinge!

DE NERZIERE Die armen Flüchtlinge!

MICHAEL Die armen, armen Flüchtlinge!

Die Bundeskanzlerin hebt beschwichtigend die Arme.

MAKEL Aber, aber meine Herren. Doch nur kurzfristig. Ein paar Wochen. Bis die Leute ihre Aufmerksamkeit auf etwas Anderes richten. Der Fußball kommt uns da sicher zugute.

M'BARGO Aber Sie haben gestern in Brüssel persönlich für offene Grenzübergänge plädiert!

MAKEL Was schert mich mein Geschwätz von gestern? Die Faktenlage ist heute halt eine andere.

DE NERZIERE Aber wie verkaufen wir diesen Kurswechsel glaubhaft?

MAKEL Wie immer. Ich sag den Bayern Bescheid. Die machen ein Fass auf, blasen ein wenig ins Horn, hauen etwas auf die Pauke und im Anschluss füge ich mich schweren Herzens.

M'BARGO Sie wollen nicht allen Ernstes diesen Rechtspopulisten nachgeben?

Die Kanzlerin hebt die Augenbrauen. De Nerziere hüstelt, blickt grinsend auf seine Unterlagen.

MICHAEL *gluckst* Wollen Sie es ihm sagen oder soll ich –

MAKEL *langsam* Ephraim, die Wahrheit ist, es gibt keinen bayerischen Sonderweg.

M'BARGO Die CS – ?

DE NERZIERE Existiert gar nicht. Hat nie existiert.

M'BARGO Aber –

MAKEL Die bayerische Regionalpartei ist mehr so eine Art –

MICHAEL Teststrecke.

MAKEL – Stimmungsbarometer für die bundesweite Parteipolitik. Wir lassen die Bayern etwas motzen und murren, sie schreiben ein bisschen was vom politischen Gegner ab und wenn das bei der Mehrheit der Wähler ankommt, fügen wir uns.

DE NERZIERE Zähneknirschend.

Außenminister M'Bargo hält sich am Tisch fest und setzt sich langsam wieder.

M'BARGO Die Grenzschließung wäre nur kurzfristig?

MAKEL Versprochen. Wenn die Endspiele der Bundesliga anfangen, machen wir weiter, getreu dem Motto ›laissez faire‹. Wen wir ablehnen oder abschieben, kommt ohnehin wieder. Die Grünen Grenzen sind sowieso dauerhaft offen.

M'BARGO *nachdenklich* So eine Schwesterpartei ist was Feines.

MAKEL *grinst verschmitzt* Mein lieber Ephraim. Die eigentliche Kunst ist es, den Leuten glaubhaft zu machen, dass es diese Schwesterpartei tatsächlich gibt. Das A und O guter Politik ist es, die Opposition – jede Opposition – zu assimilieren.

M'BARGO Ich denke, ich verstehe jetzt. Danke.

MAKEL Keine Ursache. Mohammed?

DE NERZIERE Ja?

MAKEL Den Kurswechsel kommunizieren Sie dann bitte wieder. Das hat in der Vergangenheit schon gut geklappt. Sie haben irgendetwas an sich, dem man einfach nicht böse sein darf.

DE NERZIERE Wie Sie wünschen.

MAKEL Wundervoll. Zurück zur Unterbringungssituation. Fahren Sie fort.

DE NERZIERE Allgemein lässt sich feststellen, dass die Landesaufnahmestellen im Schnitt um das Vier- bis Fünffache der Maximalkapazität überbelegt sind. Besonders betroffen sind hierbei nach wie vor die Aufnahmestellen im Westen.

MAKEL Weshalb wir dringend mehr Wohnraum im Osten schaffen müssen.

DE NERZIERE *nickt* In der Tat. Besonders nachdem wir immer schwerwiegendere Engpässe beim Zukauf von Zelten und Wohncontainern haben.

MAKEL Wie viel mehr Geld wird insgesamt benötigt werden?

DE NERZIERE *blättert* Wir rechnen bis Jahresende mit anfallenden Mehrkosten von etwa drei Milliarden Euro.

MAKEL Um Himmels Willen, Mohammed. Schon wieder drei Milliarden? Wer soll das bezahlen?

MICHAEL *reflexartig* Auf keinen Fall die Arbeiter! Wir von den Sozialdesaströsen sind die Partei des kleinen Mannes!

MAKEL Aber Michael, das sind wir doch alle.

M'BARGO Wir könnten die private Unterbringung weiter in der Öffentlichkeit bewerben.

DE NERZIERE *schüttelt den Kopf* Anfangs hat das noch prima funktioniert. Aber inzwischen wäre das ein Tropfen auf dem heißen Stein.

M'BARGO Wir könnten die Unterbringung erzwingen.

MAKEL Und noch mehr in die Arme der Rechtspopulisten treiben? Auf keinen Fall. Nein, meine Herren, wir brauchen hier etwas Dezenteres.

DE NERZIERE Vor allem aber brauchen wir Unterkünfte, die anders als Sporthallen und Schulen nicht so häufig frequentiert werden. Das kostet uns jedes Mal Stimmen.

Schweigen. Die Runde brütet angestrengt.

MICHAEL Wie wäre es mit Museen?

MAKEL Dann vergrämen wir die sterbenden Reste des Bildungsbürgertums und unsere betagten Großspender.

MICHAEL Ihre betagten Großspender.

MAKEL Ich sagte nein.

MICHAEL Opernhäuser? Vielleicht Theatersäle?

MAKEL Aus demselben Grund, nein. Zudem wären die Sanierungskosten an der mitunter historischen Inneneinrichtung anschließend horrend.

MICHAEL Nicht wenn wir danach abreißen.

MAKEL Entsorgungskosten. Zu teuer.

M'BARGO *zögert* Wie wäre es mit Kirchen? Wir könnten das Kirchenasyl verpflichtend einführen.

MAKEL Eine vortreffliche Idee!

Zustimmendes Murmeln. Nur de Nerziere schaut kritisch.

DE NERZIERE Frau Kanzlerin, sind Sie sicher, dass uns das nicht weitere Wähler abspenstig macht? Immerhin ist unsere Partei eine christliche.

MAKEL Wann waren Sie das letzte Mal in einer Kirche, Mohammed?

DE NERZIERE Da ich kein Christ bin –

MAKEL Unwichtig. Tatsache ist, dass keiner mehr in die Kirche geht. Es sei denn es ist Weihnachten oder man hat einen Fimmel für gotische Spitzbögen und Buntglas.

DE NERZIERE Gut. Wie gehen wir vor?

MAKEL Das erledige ich persönlich. Ich habe später ohnehin einen Termin mit einem hochrangigen Kirchenvertreter.

MICHAEL Welch erfreuliche Fügung!

MAKEL Das will ich doch meinen. Hat jemand von Ihnen zu diesem Punkt der Tagesordnung noch etwas hinzuzufügen?

Schweigen.

MAKEL Dann kommen wir zum nächsten Punkt. Wir waren in Brüssel erneut Mittelpunkt der Kritik aufgrund unserer Waffenexporte. Mohammed?

DE NERZIERE Uns wurde wiederholt vorgeworfen, die Krisenherde der Welt direkt und indirekt durch unsere Waffenexporte anzuheizen.

Der Vizekanzler rutscht unruhig auf seinem Stuhl hin und her.

MAKEL Unhaltbare Beschuldigungen, meine Herren. Ich denke, wir sind uns da alle einig.

Der Außenminister hebt vorsichtig die Hand.

MAKEL *seufzt* Ich höre.

M'BARGO Die Waffenexporte an Israel sind Unrecht.

MAKEL Worauf wollen Sie hinaus?

M'BARGO Wir haben den Israelis in den vergangenen Jahren drei hochmoderne, atomwaffenfähige U-Boote geliefert. Eines davon haben wir Ihnen sogar geschenkt. Nur die Schleife hat gefehlt!

MICHAEL *schockiert* Großer Gott, wir haben Atomwaffen geliefert?

MAKEL Nein, nicht doch, mein lieber Michael. Die Genehmigung zum Bau und Export der U-Boote ist noch von unserer Vorgängerregierung beschlossen worden. Wir sind da fein raus. Außerdem sind die U-Boote nicht für nukleare Sprengkörper konzipiert worden.

M'BARGO Aber man kann sie problemlos darauf umrüsten.

MAKEL Nun, das wäre unverantwortlich. Aber die Israelis wissen sehr wohl um ihre Verantwortung in der Region.

M'BARGO *trocken* Selbstverständlich.

MICHAEL Hat Israel nun Atomwaffen oder nicht?

MAKEL Fein. Vielleicht waren die U-Boote ein bisschen atomwaffenfähig. Aber um die geht es hier doch heute gar nicht. Die nächste ausstehende Lieferung sind nur ein paar harmlose Leopard II Panzer. Unser Exportschlager.

MICHAEL *laut* Ich protestiere!

MAKEL Aber Michael.

M'BARGO Von wie vielen Panzern reden wir hier?

DE NERZIERE *blättert* Fünfundsiebzig mit der Option auf fünfundzwanzig weitere.

M'BARGO *steht auf, nimmt Haltung an* Frau Kanzlerin! In meiner Position als Außenminister der Bundesrepublik Schland sehe ich mich außerstande, weitere Waffenexporte an Israel in irgendeiner Weise zu befürworten.

Schweigen.

M'BARGO *mit Nachdruck* Das wäre haram.

MICHAEL Gesundheit.

MAKEL Wären Sie dann damit einverstanden, wenn wir die Lieferung erst den Franzosen verkaufen und diese dann die Panzer den Israelis überstellen?

M'BARGO *setzt sich wieder* Ausgeschlossen.

MAKEL Mein lieber Ephraim, wir haben das Existenzrecht Israels anerkannt und aufgrund unserer historischen Verantwortung –

M'BARGO Also ich bin mir keiner Verantwortung bewusst.

MICHAEL Das war jetzt aber unnötig hart, Herr Außenminister.

MAKEL Meine Herren, wir dürfen uns jetzt hier nicht gegenseitig aufreiben, sondern müssen gemeinsam eine Lösung für dieses Problem finden.

M'BARGO Bedaure. Ich sehe da keine Möglichkeit.

Die Kanzlerin blickt säuerlich in die Runde. De Nerziere blättert, Michael zupft an seiner Krawatte, M'Bargo reibt sich nachdenklich den unvermeidlichen Dreitagebart.

M'BARGO *nach einer bedächtigen Pause* Vielleicht gibt es da doch eine Möglichkeit –

MAKEL Ja? Welche?

M'BARGO Wenn wir jeweils fünfundsiebzig Panzer an Israel und fünfundsiebzig Panzer an Saudi-

Arabien schicken, dann könnte ich das Geschäft wohl absegnen. Ausnahmsweise.

MICHAEL Auf gar keinen Fall noch mehr Waffenexporte!

MAKEL Michael, Sie sind nicht einfach nur der Vizekanzler. Sie sind auch der Wirtschaftsminister. Benehmen Sie sich doch bitte wie einer.

MICHAEL *stoisch* Aber ich mag keine Waffen.

MAKEL Ich verstehe Ihre Bedenken. Aber versuchen Sie es doch einmal so zu sehen: Die schlandsche Waffenindustrie ist eine der modernsten, wenn nicht die modernste der Welt. Unsere Waffen sind, von dem ein oder anderen Sturmgewehr oder Kampfjet einmal abgesehen, Spitzenqualität.

MICHAEL *nachdenklich, wägt ab* Da ist was dran.

MAKEL Bedenken Sie doch nur, unter welchen Umständen Waffen in den anderen Industriestaaten hergestellt werden. Die Arbeiterrechte! Die Umweltstandards!

MICHAEL Da haben Sie womöglich Recht.

MAKEL Daher bin ich persönlich der Meinung, dass eine Welt mit schlandschen Waffen in jedem Fall eine glücklichere ist als eine, die chinesische oder russische Fabrikate nutzt.

MICHAEL Sie haben mich überzeugt, Frau Kanzlerin.

MAKEL Wundervoll.

MICHAEL Aber keine Panzer.

MAKEL *entnervt* Die Leopard II für Israel sind bereits fertig montiert, da schmieden wir jetzt bestimmt keine Pflugscharen mehr draus.

MICHAEL Meinetwegen. Aber das sind die letzten.

MAKEL Schön. Dann streichen wir die Option auf weitere. Und den Saudis verkaufen wir halt etwas Anderes zum Ausgleich. Vielleicht ein paar handliche Maschinenpistolen oder einige Lenkflugkörper als Bastelsets zum Eigenbau. Das fällt dann auch nicht gleich so auf. Ginge das, Ephraim?

M'BARGO Ich denke, das könnte ich durchgehen lassen.

MAKEL Wundervoll. Ist das für Sie nun ebenfalls akzeptabel, Michael?

MICHAEL Dasselbe Arabien, das seine Regimekritiker und Homosexuelle einsperrt und auspeitscht?

DE NERZIERE Ja.

MICHAEL Dasselbe Arabien, das Menschen für Ehebruch exekutiert?

M'BARGO Ja.

MICHAEL Unser langjähriger, treuer Verbündeter und Großinvestor, Saudi-Arabien?

MAKEL Ja.

MICHAEL Solange wir bloß keine weiteren Panzer verkaufen, bin ich einverstanden.

MAKEL *klatscht in die Hände* Oh Michael, Sie sind ein Engel!

MICHAEL Das sind wir doch beide.

DE NERZIERE Aber was wird Brüssel dazu sagen?

MAKEL Die Europäische Union bin ich. Brüssel kann mir mal den Buckel runterrutschen.

Die Runde murmelt Zustimmung.

MICHAEL Es ist unsere Pflicht, für eine verantwortungsvolle Rüstungspolitik zusammenzuarbeiten.

MAKEL Ja, und schauen Sie nur, wie gut es unserem Land geht, wenn die große Koalition wie eine Familie zusammenhält. Meine Herren, damit haben wir für heute nun alles unter Dach und Fach.

Man beginnt, die Beschlüsse in aller Kürze schriftlich festzuhalten. Der Vizekanzler sowie die Innen- und Außenminister auf ihren Tablets und Smartphones, die Kanzlerin handschriftlich.

MAKEL *nachdenklich* Aber die monetäre und humanitäre Unterstützung für Palästina setzen wir nicht aus, oder?

M'BARGO Nein, Nein. Auf gar keinen Fall. *Er reckt die Linke und ballt sie zu einer Faust.* Freiheit für Palästina!

DE NERZIERE Freiheit für Palästina!

MICHAEL *steht schwankend auf* Apropos Hilfs-
lieferung. Was gibt's heute eigentlich zu essen?
War schon jemand in der Kantine?

MAKEL Tofu in Sojarahmsoße, glaub ich.

M'BARGO Also ich geh Yufka. *Steht auf*

DE NERZIERE Ich komm mit. *Steht auf, rückt den
Stuhl zurecht*

MICHAEL *weinerlich* Wen muss man hier herzen für
eine anständige Currywurst?

M'BARGO Also, wenn Sie wollen, können Sie mit
Yufka, Herr Vizekanzler. Geht auf mich.

MICHAEL Das lob ich mir. Ein Mann, ein Wort. Auf
geht's. Sie voran.

*Die Herren verabschieden sich und verlassen das
Büro. Die Kanzlerin ist wieder allein. Sie richtet sich
auf, streckt sich. Dann blickt sie mürrisch in
Richtung des Reichstags.*

MAKEL Was bin ich froh, dass wir diese Fusion
durchbekommen haben. Wenn die ersten
schland-französischen Panzer vom Band laufen,
kann ich in Zukunft einen Teil des heiklen
Rüstungsgedöhns einfach über Paris abwickeln.

*

Weit fernab vom Trubel und Baulärm Berlins, inmitten der schönen Schwäbischen Alb, steht der
herrschaftliche Wohnsitz der Familie Bonkerbauer
am Rande einer beschaulichen Kleinstadt. Der
Garten ist gepflegt und so ist es die Nachbarschaft.
Man kennt und schätzt sich, besonders da man ja, in
gewisser Weise, denselben Kundenkreis pflegt, ohne
dabei einander in die Quere zu kommen. So haben
sich im Laufe der letzten Jahre viele verschiedene
Menschen zusammengefunden. Immobilienmag-
naten und Caterer, Menschenrechtsanwälte und
Zeitarbeitsvermittler, sogar eine große Wohnge-
meinschaft von Streetworkern bezog erst neulich
eine der elfenbeinfarbenen Jugendstilvillen im
Viertel. Gemeinsam frönt man der Philanthropie
und dem guten Leben, das man sich als anständiger
Mensch verdient hat.

Werfen wir an dieser Stelle nun einen näheren
Blick auf den Lohn dieser Mühen, genauer, über die
Terrasse in das Wohn- und Esszimmer der Familie
Bonkerbauer. Die Einrichtung ist eine geschmack-
volle, wenn auch beileibe nicht preiswerte Kombi-
nation aus neuen Designermöbeln und kunstvoll
restaurierten Antiquitäten. Zu allen Seiten zieren
hohe Bücherregale das Zimmer, jede Reihe voll
beladen mit Romanen und Enzyklopädien. Bei
näherer Betrachtung der Buchrücken entpuppen

sich diese allerdings als leere, hochwertig getürkte Pappattrappen. Weiter hinten im Raum steht eine sündig rote Ledercouch vor einem gigantischen Flachbildfernseher neuester Bauart. Dominiert wird das Bild aber von einem gewaltigen Kristall-leuchter, der über einem rustikalen Eichentisch lüstert. Alle Mitglieder der Familie sind daran zum gemeinsamen Frühstück versammelt.

An den Tischenden sitzen sich gegenüber: das Familienoberhaupt Till Bonkerbauer, ein Ingenieur und Unternehmer allerersten Ranges, weithin ge-rühmt für sein soziales Engagement und aus-geglichenes Temperament, sowie seine kürzlich zum Master graduierte Tochter Delphi. Zu ihrer Linken sitzt ihr Freund Victor Frey. Ihr fast volljähriger Bruder Hedon sitzt von ihr aus rechts, an der Mitte des Tischs. Hinter ihm ist die Tür zur Küche. Zur Linken des Vaters, und damit in strategischer Nähe zum Flur und zur Haustür, sitzt die Mutter der Familie, Helena. Alle am Tisch Anwesenden sind in ihre Smartphones vertieft, mit Ausnahme von Hedon, der, in sich zusammengesunken, konzen-triert auf seinem brandneuen Laptop spielt. Auf dem Tisch stehen neben den obligatorischen Frühstücks-utensilien drei übereinander gestapelte Container-miniaturen. Direkt davor parkt das Modell eines roten, italienischen Sportwagens.

DELPHI Das kann so nicht mehr weitergehen.

Sie schüttelt den Kopf, legt das Smartphone aus der Hand. Niemand in der Runde hat Notiz genommen. Nur Victor schaut besorgt auf.

DELPHI *lauter* Wollen wir nicht noch ein bisschen miteinander reden, ehe ich verreise?

HELENA *ohne aufzusehen* Oh Schatz, es sind doch nur zwei Wochen und es ist auch nur die Schweiz. Nicht Singapur oder so.

DELPHI Trotzdem würde ich noch gerne ein paar Sachen gesagt haben.

HELENA Also schön. *Sichtlich schweren Herzens legt sie das Smartphone zur Seite.*

DELPHI Vater?

TILL Gleich.

VICTOR *leise* Delphi, lass es doch gut sein.

HELENA Was brennt dir denn auf der Seele, mein Schatz?

DELPHI Dreihundertneunzigtausend im letzten Quartal, Mutter.

Hedon rollt deutlich sichtbar mit den Augen, spielt aber unbeirrt weiter auf seinem Laptop.

HELENA *seufzt* Aber Schatz, nicht dieses Thema schon wieder. Du wirst langsam regelrecht obsessiv damit.

TILL Deine Mutter hat Recht. Du bist paranoid. *Er steckt das Smartphone ein.*

DELPHI Ihr könnt nicht allen Ernstes glauben, dass wir das noch mal wieder in den Griff bekommen werden.

TILL *langsam* Hör mal Kind, ich versuche hier mein Bestes, um genau das zu erreichen. Was tust du, außer zu klagen?

HELENA Ich halte mich da jetzt raus. Ich kann das alles einfach nicht mehr hören. *Sie greift wieder nach dem Smartphone.*

DELPHI Was bleibt mir denn außer klagen, solange du die Strukturen bereitest, um die Krise zu zementieren?

TILL *betont* Ich baue Unterkünfte, Delphi. Für Flüchtlinge, die alles verloren haben. Wenn du das für moralisch verwerflich hältst, kann ich dir nicht helfen.

DELPHI Ich erhebe keinen Anspruch auf die Moral, Vater. Behalte sie. Rahme sie dir ein wie deinen lächerlichen Blechorden und stelle sie daneben auf den Schreibtisch.

TILL Wir reden hier vom Bundesverdienstkreuz.

DELPHI Hübsches Blech, meinetwegen. Nicht besser als deine dämlichen Modelle da auf dem Tisch.

VICTOR *beschwörend* Delphi, lass es doch bitte gut sein. Das ist sinnlos.

TILL *deutet auf die Miniaturen* Diese Container, meine Liebe, sind die Zukunft. Ob es dir nun passt oder nicht. Damit können wir die dreifache

Menge an Menschen auf derselben Stellfläche unterbringen wie bisher.

DELPHI Es ist mir schleierhaft, wie du darauf auch noch stolz sein kannst.

TILL *höhnisch* Hört, hört, wie sich Madame aufspielt. Madame, die eine Privatschule besucht hat. Madame, die wir auf eine der renommiertesten Universitäten des Landes geschickt haben. Madame, die in einem großen Haus aufwachsen durfte, in Frieden und Wohlstand, während andere nichts davon hatten.

DELPHI Du wiederholst dich, Vater. Die überwältigende Mehrheit eurer Flüchtlinge flieht nicht vor Krieg. Sie flüchten voreinander und das miteinander. Ihre Probleme sind Teil des Gepäcks. Außerdem solltest du mittlerweile wissen, dass ich mir die Tränendrüsen habe veröden lassen.

TILL Das ändert rein gar nichts an der Tatsache, dass du dank mir mit einem goldenen Löffel im Mund aufgewachsen bist.

DELPHI *bitter* Lieber wäre es mir, er wäre nur vergoldetes Blech gewesen.

Es klingelt. Helena springt von ihrem Stuhl auf.

HELENA Das wird der Paketbote sein. Es wäre schön, wenn ihr zwei euch bald wieder einkriegen würdet. Vor allem du, Delphi. *Sie eilt zur Haustür.*

DELPHI Den Teufel werde ich tun, Mutter.

Vater und Tochter starren sich über den Tisch hinweg feindselig an. Till rührt missmutig seinen Kaffee, während Delphis Müsli zunehmend birchiger wird. Victor schaut besorgt zwischen den beiden hin und her. Kurze Zeit später kehrt Helena ins Esszimmer zurück.

HELENA Das wird mein neuer Blazer sein. Oh, und weißt du, wer ihn geliefert hat, Delphi?

DELPHI Lass mich raten –

HELENA *in belehrendem Tonfall* Ein überaus höflicher Farbiger.

DELPHI Erstaunlich, dass wir an einem Punkt angelangt sind, an dem Höflichkeit nicht mehr als obligatorisch angesehen wird. Und das letzte Mal, als ich es nachgeschlagen habe, war Farbiger nicht mehr ganz korrekt.

HELENA *erschrocken* Farbiger ist rassistisch?

DELPHI Neger ist es in jedem Fall. Wie wäre es stattdessen ganz schlicht mit Paketbote?

TILL *laut, mahnend* Dieses Wort benutzen wir nicht, Delphi.

DELPHI Paketbote. Hoppla. Ich fürchte, wo das herkommt, ist noch viel mehr.

Er wirft Delphi einen stechenden Blick zu. Dann wendet er sich zu Helena.

TILL Dunkelhäutiger ist glaube ich die korrekte Bezeichnung.

DELPHI Dunkelhäutig bin ich im Sommer.

HELENA *drängend* Schatz, ist Farbiger nun rassistisch oder nicht?

TILL *zögert* Na ja, nicht direkt rassistisch, denke ich, aber es ist halt irgendwie schon eine ziemlich dämliche Umschreibung.

DELPHI Ausnahmsweise sind wir einer Meinung.

HELENA Oh Gott.

Sie setzt sich wieder und hält die Hand vor den Mund.

TILL Helena, ist dir nicht gut?

HELENA Ich habe es – dieses Wort – gestern beim Essen mit den Schachers benutzt. Oh Gott. Sie werden mich für eine Rassistin halten! Alle Nachbarn waren dort. Oh Gott.

TILL Jetzt beruhige dich erst mal. Ich meine, wenn dir da irgendein Fauxpas unterlaufen wäre, wüssten wir das bereits. Außerdem wissen die Leute doch, dass ich dein Mann bin.

DELPHI In jedem Fall solltest du deine Profile in den sozialen Netzwerken im Auge behalten, Mutter.

Du weißt schon, im Falle einer medialen Hinrichtung. *Sie kichert.*

*Hedon prustet leise. Den neuen, amerikanischen
Laptop hat er inzwischen gegen ein Konkurrenz-
produkt des japanischen Herstellers Ume getauscht.
Helena blickt mit angstgeweiteten Augen zu ihrer
Tochter und greift dann hektisch nach ihrem
Smartphone.*

TILL *zornig* Das ist nicht im Entferntesten witzig,
Delphi. Was in aller Welt ist nur los mit dir?
DELPHI Na ja, zunächst mal ist alle Welt los bei uns.
Zu Gast bei Freunden. Auf Dauer.
TILL Gott sei Dank muss ich mir deinen menschen-
verachtenden Zynismus nicht mehr lange an-
hören.
DELPHI Gott hat nichts damit zu tun, Vater.

*Till lehnt sich zurück, atmet tief aus und schüttelt
langsam den Kopf. Victor nutzt die Gelegenheit und
greift nach Delphis Hand.*

VICTOR Wollen wir nicht lieber mal unsere Reise-
route besprechen?
DELPHI *liebevoll, doch mit Nachdruck* Victor, ich
weiß, du meinst es gut, aber ich muss das los-
werden. Kannst du das verstehen?

Schweigen.

VICTOR *steht auf* Ich werde mal rausgehen und eine rauchen.

DELPHI Du hast seit zehn Wochen keine mehr geraucht. Wage es bloß nicht, jetzt wieder damit anzufangen.

Victor wirft ihr einen Blick zu, in dem nur für einen kurzen Moment lang Widerwillen aufblitzt.

VICTOR Ja, verstanden. Darf ich trotzdem ein wenig in den Garten?

DELPHI Du darfst. Aber wenn ich dich beim Rauchen erwische, zwing ich dich, die ganze Packung zu essen.

TILL Oh, pass' besser auf, Victor. Das würde sie fertigbringen.

Victor verlässt das Esszimmer durch die Terrassentür.

TILL Faszinierend. Ich hab' seit dreißig Jahren nicht mehr geraucht, aber selbst ich bekomme in deiner Gegenwart das Verlangen nach einer Zigarette.

DELPHI Aber Vater, bedenke doch die Klimaerwärmung.

TILL Warum bist du nur so voller Gift?

DELPHI Umwelteinflüsse.

TILL Kind, versuch es doch zu verstehen. Wir brauchen diese Flüchtlinge. Denk doch nur an den Fachkräftemangel. Ich selbst suche seit Beginn der Krise regelmäßig nach neuen Schweißern. Glaubst du, dass ich bei den Deutschen da fündig werde?

DELPHI Kommt drauf an. Hast du schon mal probiert, die Löhne anzuheben? Ich meine, wenn man schon Schwerstarbeit leistet, freut man sich sicherlich, wenn diese zumindest gut bezahlt wird.

TILL Die Löhne anheben? *Seine Stimme überschlägt sich.* Dann bin ich nicht mehr konkurrenzfähig! Der Breisler mit seinen dämlichen China-Zelten unterbietet mich eh schon ständig.

DELPHI Du meinst wahrscheinlich eher, dass du dann nicht mehr länger ein aussichtsreicher Anwärter auf einen Lamborghini bist.

TILL *laut* Was ich mit meinem eigens verdienten Geld aus der von mir gegründeten Firma mache, ist allein mein Bier!

DELPHI Dieser Wahlwerbespruch wurde ihnen präsentiert von der Bonkerbauer GmbH. Gesponsert vom deutschen Steuerzahler.

TILL Wir brauchen diese Menschen, ganz gleich, wie du darüber denkst in deinem verblendeten Nationalismus.

Delphi greift nach ihrer Teetasse, nimmt einen Schluck und runzelt die Stirn.

DELPHI Wie alt wird der Fachkräftemangel jetzt? Sechzig? Das dürfte so ziemlich die älteste Ente der Republik sein. Demnächst mit Rentenanspruch.

TILL Du redest in Rätseln.

DELPHI Ich meine ja nur. Die Leute wären sicher aufgebracht, sollte sich der vermeintliche Fachkräftemangel letztlich nur als stetige Suche nach günstigeren Optionen herausstellen. Weißt du, das kollidiert ein wenig mit dem Credo von fairem Lohn für faire Arbeit.

Till steht auf und deutet anklagend mit dem Zeigefinger auf seine Tochter.

TILL Du wirst dich deiner Worte noch schämen, wenn dir eines Tages ein syrischer Arzt das Leben rettet!

DELPHI Na ja, in jedem Fall geht es mir dann bedeutend besser als den Millionen Syrern, die ihrer Heimat treu geblieben sind und deren ärztliche Notfallversorgung nun bei uns Blinddarmoperationen durchführt.

TILL *brüllt* Es reicht jetzt! Ich fahre rüber in die Firma!

DELPHI Aber normal fährst du doch nicht vor elf in die Firma. Ist etwas nicht in Ordnung? Oder willst du etwa beim Schweißen helfen?

Till starrt seine Tochter wutentbrannt an und stürmt dann aus dem Zimmer. Die Haustür fällt kurz darauf krachend ins Schloss. Hedon zieht ein Paar Kopfhörer auf. Victor eilt draußen auf die Terrasse und kehrt ins Haus zurück.

VICTOR Ist was passiert? Ich habe den –
DELPHI Den Lärm?
VICTOR – Lärm gehört. Ja.
DELPHI Nein, alles bestens, wie du siehst. Wir haben uns nur darin geübt, die Debattenkultur in Deutschland wiederzubeleben. Der Erfolg blieb indes eher mäßig.
HELENA *ohne aufzusehen* Wir nennen uns so nicht mehr.
DELPHI Hast du deinen Paketboten mittlerweile Freundschaftsanfragen geschickt, Mutter? Ich meine, immerhin kommen sie inzwischen fast täglich zu Besuch.

Helena lässt das Smartphone sinken und wirft Delphi einen eisigen Blick zu. Dann verlässt auch sie das Esszimmer, das Paket unter dem Arm.

DELPHI *nachdenklich* Hätte ich ein Herz, hätte das sicher ziemlich wehgetan.

VICTOR *setzt sich neben sie* Du hast ein Herz. Das ehrlichste, das ich kenne.

DELPHI Es ist eine Mördergrube.

VICTOR Ist es nicht.

DELPHI *lehnt sich an ihn* Warum macht es mich dann so wütend?

VICTOR Weil es für dich von Bedeutung ist. Heimat und all das.

DELPHI Hat es für dich Bedeutung?

VICTOR Ich denke schon. Wahrscheinlich.

DELPHI Teilst du meine Einschätzung?

VICTOR Ich weiß nicht. Ich meine, nichts wird so heiß gegessen, wie es gekocht wird.

DELPHI Es sind Millionen mittlerweile, Victor. Zweieinhalb Millionen Menschen.

VICTOR Diese Leute wollen auch nur in Frieden leben, Delphi.

DELPHI Aber nicht nach unseren Gesetzen.

VICTOR Es wird schon alles gut werden.

DELPHI Und wenn nicht?

Er reibt sich die Stirn, zuckt mit den Schultern.

VICTOR Wir sollten das Denken den Leuten überlassen, die dafür gewählt wurden. Das solltest du auch.

DELPHI Du meinst denselben Leuten, die das Problem importiert haben und weiterhin tun?

Beide schauen einander an, dann senkt Victor den Blick.

VICTOR Wir sollten anfangen zu packen. Du brauchst in jedem Fall noch ein paar warme Pullover. Bei uns da oben wird es im Winter bedeutend kälter als bei euch.

Beide stehen auf, gehen zum Flur hin ab. Hedon sitzt noch etwa eine halbe Minute ungerührt da. Dann richtet er sich auf, wobei er den Rücken dennoch nicht gänzlich gerademacht. Ächzend schleppt er sich in die Küche nebenan. Kurze Zeit später trottet er ins Esszimmer zurück. Er sackt erneut auf seinem Sitzplatz zusammen und beginnt, eine Tüte Chips zu frühstücken.

*

Etwas später am Tag im Bundeskanzleramt. Es ist kurz vor zwölf. Die Sonne scheint, als gäbe es kein Morgen mehr. Nur ein paar vereinzelte, flauschig weiße Cumuluswolken ziehen gemächlich über Berlin. Die Kanzlerin sitzt noch immer am Konferenztisch. Sie hat soeben zu Mittag gegessen und grübelt nun über ihren Unterlagen. Auf dem Tisch steht noch das schmutzige Geschirr. Eine Tasse Tee direkt vor ihr, inzwischen erkaltet. Die Bürotür öffnet sich, der Chef des Bundeskanzleramtes Jüngmüller betritt den Raum. Seine blonde Haarpracht trägt er modisch frisiert, der Anzug schmiegt sich perfekt an den athletisch geformten Körper.

JUNGMÜLLER Guten Tag, Frau Kanzlerin. Wie war das Meeting?

MAKEL Ich grüße Sie, mein lieber Jungmüller. Es war außerordentlich ergiebig. Was steht als nächstes auf der Tagesordnung?

JUNGMÜLLER Das Interview bezüglich des Freihandelsabkommens. Der Journalist wartet bereits im Foyer.

MAKEL Schicken Sie ihn wieder weg.

JUNGMÜLLER *stutzt* Aber Frau Kanzlerin! Wir haben dieses Interview von langer Hand geplant. Der Mann hat sich seit Wochen darauf vorbereitet.

MAKEL Ich habe heute keine Lust auf ein Interview. Sagen Sie ihm, ich fühle mich unpässlich. Sagen Sie ihm, ein andermal.

JUNGMÜLLER Aber –

MAKEL *spöttisch* Was wollen die Leute schon großartig machen? Mich zu einer Aussage zwingen? Mich einfach nicht mehr wählen?

JUNGMÜLLER Mit Verlaub, Frau Kanzlerin, aber ich fürchte, die Bevölkerung bewegen in Hinblick auf das Freihandelsabkommen eine ganze Menge Fragen.

MAKEL Die da wären?

JUNGMÜLLER Na ja, zum Beispiel die Frage über den Import von genmanipulierten Pflanzen und Nahrungsmitteln.

MAKEL Und weiter?

JUNGMÜLLER *leiser* Dann wäre da noch die Frage, ob wir uns in Rechtsangelegenheiten nicht maßgeblich der US Justiz unterwerfen werden.

MAKEL Aha. Aha. Sonst noch was?

JUNGMÜLLER *kleinlaut* Weiß nicht.

MAKEL Sehen Sie? Und den Menschen da draußen geht es dabei haargenau so wie Ihnen. Die Leute wollen Arbeitsplätze, ich schaffe ihnen Arbeitsplätze. Nun gut, ein paar zumindest. Vielleicht. Schicken Sie den Journalisten wieder weg.

JUNGMÜLLER Verstanden, Frau Kanzlerin. Dennoch möchte ich dringend dazu anraten, bald ein Kommentar zu diesem Sachverhalt abzugeben.

MAKEL Und warum sollte ich das?

JUNGMÜLLER Sehen Sie, es scheint, als wäre da gestern wieder etwas Internes geleaked und –

MAKEL Oh, dieses verdammte Internet!

JUNGMÜLLER – das wird die Opposition erbarmungslos ausschlachten. Wir brauchen eine transparentere Informationspolitik.

MAKEL Meine Vorgänger waren transparent. Die meisten jedenfalls. Aber schauen Sie, wohin mich die Undurchsichtigkeit gebracht hat. Daher wird sich rein gar nichts ändern. Haben Sie das verstanden?

JUNGMÜLLER *senkt den Kopf* Ich habe verstanden.

MAKEL Wundervoll. Nächster Punkt.

JUNGMÜLLER Jüngste Umfragen haben ergeben, dass Ihre Popularität in der Bevölkerung weiter abnimmt.

MAKEL Dieses geistlose Pack. Was schlagen Sie vor?

JUNGMÜLLER Sie könnten in das Bundeskanzleramt einladen und ein paar Flüchtlingskindern den Kopf streicheln.

MAKEL *seufzt* Das war letztes Mal schon ziemlich befremdlich. Wie lange müsste ich das tun?

JUNGMÜLLER Bis zum Bleiberecht.

MAKEL Na gut, das kriege ich notfalls hin. Aber könnte das nicht der Bundespräsident in meinem Namen erledigen? Er hat so eine salbungsvolle Stimme.

JUNGMÜLLER Ich denke, das dürfte gehen.

MAKEL Sehr schön. Apropos, wo steckt Gaukel eigentlich?

JUNGMÜLLER Er macht gerade wieder seine Drei-Länder-Tour durch Pakistan, Indien und Bangladesch. Fachkräfte anheuern.

MAKEL So ein guter Mann. Ich war ja zuerst ein klitzekleines bisschen ungehalten, als dieser windige Asiate ihn ohne Rücksprache mit mir nominiert hat. Aber mittlerweile bin ich froh, dass wir Herrn Gaukel haben. Er ist eine Zier für dieses Amt.

JUNGMÜLLER Als wäre er dafür geboren worden.

MAKEL Ganz recht. Wo wir gerade bei Geistlichen sind, sollte ich heute nicht einen empfangen?

JUNGMÜLLER *verlegen* Ja nun –

MAKEL Ja, was?

JUNGMÜLLER Es gab da eine außerordentlich unglückliche Überschneidung der Terminkalender. Ein bedauerliches Versehen, wie ich Ihnen versichern kann.

MAKEL *missmutig* Was haben Sie nun wieder verbockt?

JUNGMÜLLER Mein Tablet ist neu und ich hab' noch ein wenig Probleme mit der Zeilenformatierung und –

MAKEL *sehr leise* Ersparen Sie mir die Details.

JUNGMÜLLER Drei ursprünglich für verschiedene Tage angesetzte Termine sind zusammengefallen. Herr Schacher von der Industrie, Herr Wahn vom Wohlfahrtsverband und der ehrenwerte Bischof van Elster von der katholischen Kirche bitten um ein persönliches Gespräch mit Ihnen.

MAKEL *fassungslos* Alle drei? Heute? Jetzt?

JUNGMÜLLER Es tut mir –

Die Kanzlerin hebt die Arme, weißt mit den Handflächen von sich.

MAKEL Schon gut. Schicken Sie sie rein.

JUNGMÜLLER Wen zuerst?

MAKEL Alle.

JUNGMÜLLER Sind Sie sicher, dass –

MAKEL *entschieden* Peter, wenn das Jesuskind das konnte, dann kann ich das auch. Schicken Sie sie rein, aber sagen Sie denen, sie sollen sich kurzfassen. Und nun trollen Sie sich.

JUNGMÜLLER Ja, Frau Kanzlerin. *Ab*

Jungmüller verlässt das Zimmer. Kurze Zeit später betreten die Herren Schacher, Wahn und van Elster den Raum. Alle drei grau meliert, mit fliehendem Haar und großen Bäuchen. Hälse sucht man bei ihnen vergebens. Würden sie sich nicht durch ihre Kleidung unterscheiden, man könnte meinen, sie seien Brüder.

SCHACHER *Im feinen italienischen Anzug* Frau Makel! Danke, dass Sie sich in dieser Sache Zeit genommen haben.

Er überreicht ihr eine Flasche teuren Weins.

WAHN *Im roten Hemd, ohne Krawatte* Es ist auch allerhöchste Zeit.

Er schenkt ihr ein verdächtig aussehendes Tütchen getrockneten Rauchwerks.

VAN ELSTER *In schwarzer Soutane mit Purpur-schärpe* Wie verheißungsvoll, dass wir hier heute alle zusammenkommen!

Er präsentiert ihr ein goldenes Kruzifix in einer Schatulle.

MAKEL Die Freude ist ganz meinerseits die Herren. Haben Sie vielen Dank für Ihre Gaben. Bitte, nehmen Sie doch Platz.

Wahn okkupiert den Sitz zur Linken der Kanzlerin. Schacher setzt sich zu ihrer Rechten. Bischof van Elster nimmt ihr gegenüber Platz.

MAKEL Also, was sind Ihre Anliegen?

SCHACHER Die Wirtschaft, Frau Makel. Wir sind in Sorge um die Sicherheit der Arbeitsplätze. Sehen Sie, die Produktions- und Lohnkosten steigen stetig. Wir büßen unsere globale Wettbewerbsfähigkeit ein.

WAHN Der Sozialstaat, Frau Makel. Immer mehr Menschen leben unterhalb der von uns definierten Armutsgrenze. Die Schere zwischen Arm und Reich geht immer weiter auseinander.

VAN ELSTER Die Flüchtlinge, Frau Makel. Diese armen Seelen sind gerade so mit dem Leben davongekommen, nur um hier weiterer Verfolgung ausgesetzt zu sein!

SCHACHER Ein unhaltbarer Zustand.

WAHN Eine Schande für Schland.

VAN ELSTER Es ist unchristlich.

MAKEL *nickt* In der Tat, meine Herren. Das ist es. Doch was sollte ich Ihrer Ansicht nach unternehmen?

SCHACHER Wir brauchen mehr qualifizierte Flüchtlinge, um den Fachkräftemangel effektiv zu bekämpfen.

WAHN Umfairteilung jetzt!

VAN ELSTER Vor allem aber sollten wir uns unserer syrischen Glaubensbrüder annehmen. Das ist unsere Pflicht.

SCHACHER Unsere Pflicht.

WAHN Unsere Pflicht.

MAKEL Sie haben völlig Recht. Es ist selbstverständlich unsere Pflicht. Wie sollen wir vorgehen?

SCHACHER Die Anerkennungsquoten beim Asylverfahren müssen wieder steigen.

WAHN Schland muss bunter werden. Kein Mensch ist illegal!

VAN ELSTER Denken Sie doch an die Kinder!

SCHACHER Die armen Kinder!

WAHN Die armen, armen Kinder!

MAKEL Ich höre Sie wohl. Auch mir bricht das Herz bei dem Gedanken an all dieses Leid. Nur sehen Sie, ich weiß beim besten Willen nicht mehr, wie wir das noch finanzieren wollen. In den letzten Jahren sind zweieinhalb Millionen Flüchtlinge zu uns gekommen. Ich finde niemanden mehr, der das noch finanzieren möchte.

WAHN Besteuern Sie die Reichen!

SCHACHER Aber nicht die Unternehmer, denken Sie an die Arbeitsplätze! An die Wirtschaft!

VAN ELSTER Die arme Wirtschaft!

WAHN *trocken* Die arme, arme Wirtschaft.

SCHACHER Die Kirche, sie ist auch sehr wohlhabend.

VAN ELSTER *empört* Der Papst hat die Kirche der Armen ausgerufen!

WAHN Arm wie die Kirchenmäuse.

SCHACHER Sehen Sie, werte Frau Kanzlerin, die Wahrheit ist, dass seit der Verschärfung der Flüchtlingskrise zunehmend Kapital aus dem In-

ins Ausland transferiert worden ist. Vor allem das der Großverdiener, wie ich beschämt zugeben muss. Die Leute trauen dem Wirtschaftsstandort Schland nicht mehr.

VAN ELSTER Passen Sie besser auf, Sie werden sonst noch rot.

WAHN Besser rot sein als sehen.

MAKEL Aber, aber meine Herren. Wir wollen uns doch hier nicht streiten. Stattdessen sollten wir gemeinsam einen Weg aus dieser Krise finden.

SCHACHER Der Rat der Wirtschaftsweisen hat vorausgesagt, dass einzig Wachstum die Zukunft Schlands retten kann.

MAKEL Wachstum?

SCHACHER Wachstum über alles!

MAKEL Aber wie sollen wir noch weiterwachsen? Die Wirtschaft brummt, doch das Kapital wandert ab. Die Bevölkerung ist unruhig.

VAN ELSTER Undank ist der Welten Lohn.

WAHN Die Bevölkerung ist unruhig, weil die Reichen immer reicher, doch die Armen immer ärmer werden!

SCHACHER *lakonisch* Die armen Armen.

MAKEL Bitte, meine Herren! Ich möchte durch meine Politik keine Bevölkerungsschichten gegeneinander aufwiegeln. Vielmehr sollten wir eine Lösung finden, die allen gerecht wird.

VAN ELSTER Starke Schultern sollten diese Bürde tragen. Besser noch – viele starke Schultern. So wie dereinst der heilige Christophorus den Heiland und mit ihm die Last der Welt ans sichere Ufer trug. Nur so können wir all den Menschen, die da kommen, ein würdiges Leben bieten.

WAHN Besteuern wir den Mittelstand!

SCHACHER Besteuern wir den Mittelstand!

MAKEL Besteuern wir den Mittelstand! Eine fantastische Idee, meine Herren. Wirklich grandios. Dieses Geld kann uns auch nicht so leicht ins Ausland entschlüpfen. Die Bundesrepublik ist Ihnen allen zu Dank verpflichtet. Und ich bin es auch.

SCHACHER Zuviel der Ehre!

WAHN Ich helfe gern.

VAN ELSTER Ich tue nur meine Pflicht.

MAKEL Ich werde Ihre Idee dem Herrn Finanzminister vortragen und dann überlegen wir, wie wir das am Hübschesten verpacken. Das Meeting mit ihm wird noch heute stattfinden. Wenn das jetzt alles gewesen ist, möchte ich Sie dann auch gerne verabschieden.

SCHACHER Selbstverständlich. Zeit ist schließlich Geld. Einen schönen Tag noch, Frau Kanzlerin. Und viel Erfolg. *Ab*

WAHN Sie haben so viel für die Chancengleichheit in unserem Land getan. Es ist großartig, Sie zur Bundeskanzlerin zu haben. Gutes Gelingen. *Ab*

VAN ELSTER Auch mir war es eine Ehre. *Er wendet sich zum gehen* Ich werde –

MAKEL Bischof van Elster? Auf ein Wort noch, im Vertrauen.

Der Bischof macht so schnell kehrt, dass seine Soutane flattert. Er setzt sich wieder.

VAN ELSTER Selbstverständlich.

MAKEL Zunächst einmal, gibt es inzwischen eine Antwort in Hinblick auf die geplante Umweihung?

VAN ELSTER Ich habe seiner Heiligkeit selbstverständlich ihren Antrag herangetragen.

MAKEL *angespannt* Und?

VAN ELSTER *lächelt* Ich kann Ihnen noch nichts Verbindliches zusichern. Aber unter uns, seine Heiligkeit, der Papst, war vom ersten Moment an begeistert von ihrer Idee.

Die Kanzlerin springt vom Stuhl auf und reißt die Arme in Siegerpose hoch. Zumindest so weit, wie es die Nähte ihres minzgrünen Zweiteilers zulassen.

MAKEL Mein lieber Bischof, das sind wundervolle Neuigkeiten!

VAN ELSTER Ganz recht, werte Frau Kanzlerin. Gleichwohl darf ich Sie bitten, zunächst noch Stillschweigen über dieses Vorhaben zu wahren. Denn wie besprochen, ist zunächst alles nur in

Planung. Wir sprechen hier immerhin vom Kölner Dom.

MAKEL Keine Bange, ich schweige wie ein Grab. Mache ich immer.

VAN ELSTER Das wissen wir, Frau Makel. Das wissen wir. Auf Sie ist halt Verlass.

Die Kanzlerin setzt sich wieder. Ihre Augen strahlen vor freudiger Erregung.

MAKEL Wie wundervoll! Es ist an der Zeit, dass die große, muslimische Gemeinde von Köln ein angemessenes Gotteshaus für ihre Gebete erhält. Und was läge da näher als der Dom?

VAN ELSTER Natürlich müssen wir zuerst noch über die Höhe der Pacht verhandeln.

MAKEL Diesbezüglich machen Sie sich keine Sorgen, ich bin sicher, dass wir da ein wenig Spielraum mit dem Etat des Denkmalschutzes haben.

VAN ELSTER Vortrefflich.

MAKEL Bezüglich Ihrer anderen Kirchen hätte ich da allerdings noch ein Anliegen.

VAN ELSTER *besorgt* Weitere Moscheen?

MAKEL Vorerst nicht. Vielmehr würde die Bundesrepublik gerne so viele Gotteshäuser wie möglich dazu ermuntern, das Kirchenasyl anzuwenden.

Der Bischof wirkt verwirrt.

VAN ELSTER Aber wir wurden in der Vergangenheit genau dafür kritisiert!

MAKEL Zweifelsohne von verleumderischen, rechten Hetzern. Nein, wir wollen der Kirche bei ihrer praktizierten Nächstenliebe gerne helfen und die rechtlichen Rahmenbedingungen dazu ausweiten.

VAN ELSTER Nun, seine Heiligkeit hatte an uns diesbezüglich bereits appelliert. Ich bin sicher, wenn Sie die entsprechenden Gesetzestexte umschreiben, werden wir das Kirchenasyl ausbauen können.

MAKEL Ich werde umgehend die nötigen Schritte einleiten lassen.

VAN ELSTER *beiläufig* Der Papst würde Sie nur noch bitten, in der anstehenden Verhandlungssache über den Fortbestand der Kirchensteuer richtig zu entscheiden.

MAKEL *lächelnd* Habe ich den Papst, irgendeinen Papst, jemals enttäuscht?

VAN ELSTER *Er erwidert das Lächeln.* Niemals. Nicht einen. Haben Sie noch ein Anliegen, Frau Kanzlerin?

MAKEL Nur eines. Richten Sie doch bitte seiner Heiligkeit noch einmal meinen tief empfundenen Dank aus.

VAN ELSTER Das werde ich. Christus sei mit Ihnen.

Der Bischof verlässt das Büro. Seine Soutane bleibt beim Schließen der Tür darin klemmen. Er öffnet sie noch einmal, flucht etwas außerordentlich Derbes und ist dann endgültig von der Bildfläche verschwunden. Die Kanzlerin steht auf, schaut wieder in Richtung des Reichstags.

MAKEL Diesem dreisten, amerikanischen Emporkömmling mit seinem Zahnpastawerbelächeln haben sie einen gegeben. Einfach so, weil er gewählt wurde. Dieser lächerlichen Europäischen Union haben sie einen verliehen, dabei kann diese Monstrosität ohne meine beherzten Tritte kaum gerade laufen. Aber diese wundersame Umweihung des Doms in eine Moschee, die können sie unmöglich ignorieren. Dies wird ein Meilenstein für Friede und Toleranz sein. Mein Denkmal, in Stein gehauen, für alle sichtbar. Wenn ich dafür keine Einladung nach Oslo erhalte, fresse ich den russischen Bären.

*

Mittag bei Bonkerbauers. Delphi hat soeben wieder ihren Platz an der Tafel eingenommen. Außer ihr ist sonst nur Hedon anwesend. Victor und Helena sind in der Küche und kochen das Mittagessen. Hedon beginnt gerade höchst umständlich, mit einer Hand und den Zähnen eine Packung ›Stars 'n' Stripes Cookie Dough‹ zu öffnen. Währenddessen versucht er, mit der anderen Hand ein Tablet zu bedienen.

DELPHI Hedon, ist das Keksteig?

Hedon nimmt keine Notiz von ihr. Inzwischen ist es ihm gelungen, die Folie gewaltsam aufzurupfen.

DELPHI *eindringlicher* Hedon, sind das tatsächlich zwei Pfund roher Keksteig mit Marshmallow-stückchen?

Er zuckt mit den Schultern, seine Linke fährt wie ein Schaufelradbagger in den Teigklumpen.

DELPHI Du kannst das unmöglich roh essen wollen.

Hedon will. Schmatzend beginnt er, den ersten Fetzen zu verspeisen.

58

DELPHI *Sie verzieht angewidert das Gesicht.* Versprich mir wenigstens, nicht alles zu essen.

Hedon schließt seine Kopfhörer am Tablet an und zieht sie demonstrativ auf.

DELPHI Wenn du alles isst, wird man dir später den Magen auspumpen müssen.

Hedon reagiert nicht mehr. Victor und Helena betreten den Raum. Beide bringen Teller mit sich.

HELENA Was hat nun schon wieder deine Missbilligung erweckt, mein Schatz? *Sie stellt ihr Essen ab und setzt sich.*
DELPHI Hedon isst rohen Keksteig, Mutter.

Victor stellt Delphi ihre Portion hin, dann setzt auch er sich.

DELPHI Danke.
HELENA Lass ihn doch. Er ist alt genug, um seine eigenen Fehler zu machen.
DELPHI Mal schauen, ob er auch alt genug ist, um sich später selbstständig in die Notaufnahme zu fahren.
HELENA Musst du immer gleich alles so schwarzsehen?

DELPHI *überlegt kurz* Irgendjemand sollte das unbedingt, ja.
VICTOR *etwas zu überschwänglich* Guten Appetit.
HELENA Guten Appetit.

Hedon rülpst.

DELPHI Mahlzeit.

Schweigen am Tisch. Nur Hedon kaut lautstark, während er hin und wieder einzelne Streifen Teig vom Tablet wischt. Delphi und Helena stochern eine Spur zu kritisch in ihren Tellern herum.

VICTOR *enttäuscht* Schmeckt es euch nicht?
DELPHI Doch, natürlich.
HELENA Es ist nur etwas ungewöhnlich.
VICTOR Was ist an Schupfnudeln mit Speck und Zwetschgen ungewöhnlich?
HELENA Ganz ehrlich? Zunächst mal die Zwetschgen.
VICTOR *entrüstet* Ihr habt gesagt, ihr mögt Zwetschgen!
HELENA Ja schon, aber so –
DELPHI Und dann gleich so viele.
VICTOR Das war das letzte Mal, dass ich gekocht habe.

Er legt beleidigt Messer und Gabel beiseite.

DELPHI Ach komm schon, so war das doch nicht ge-
meint. Es ist nur etwas befremdlich. Vielleicht
muss ich mich erst daran gewöhnen.

HELENA Also ich bin mir ziemlich sicher, dass ich
mich damit nicht anfreunden werde. Nichts für
ungut, Victor.

*Erneutes Schweigen. Delphi versucht tapfer, weiter-
zuessen. Helena sortiert die Zwetschgen aus und
schiebt sie zur Seite. Victor starrt düster.*

HELENA *nach einer Weile* Und dann dieses befremd-
liche Wort. Zwetschgen. Hab' ich noch nie verstanden. Es sind doch nur größere Pflaumen.

DELPHI Ich glaube, Zwetschgen sind keine Pflaumen, Mutter. Das ist mehr wie bei Äpfeln und
Quitten.

VICTOR *mürrisch* Zwetschgen sind auch Pflaumen,
aber in allererster Linie sind sie Zwetschgen.

HELENA Verwirrend.

DELPHI Ein wenig.

VICTOR Eigentlich nicht.

*Es klingelt an der Haustür. Helena steht auf und eilt
in den Flur.*

HELENA *ruft* Das wird mein neuer Herbstmantel sein.

VICTOR Sagte Sie eben Herbstmantel?

DELPHI Jep.

VICTOR Aber was sie meint, ist einen Wintermantel?

DELPHI Nein, es ist ein Herbstmantel.

VICTOR Das ergibt doch überhaupt keinen Sinn.

DELPHI Doch schon, im Herbst ist es noch nicht so kalt wie im Winter, deshalb ist der Herbstmantel etwas dünner und hat ein herausnehmbares Innenfutter.

VICTOR *nickt* Verstehe. Na, immerhin kann man den Mantel dann auch im Frühjahr tragen, wenn es ähnlich umschwenkt.

DELPHI Unsinn.

VICTOR Warum Unsinn?

DELPHI Na, weil man fürs Frühjahr einen Frühlingsmantel braucht.

VICTOR Verzeihung?

DELPHI Herrgott, Victor. Man kann im Frühling doch keine Herbstfarben tragen. Wie sieht das denn sonst aus?

Victor starrt Delphi mit einer Mischung aus bedingungsloser Ergebenheit und absolutem Unverständnis an.

DELPHI Ich glaube, wenn ich nicht wäre, würdest du dich kleiden wie ein Fünfjähriger. Einer mit Rot-Grün-Schwäche.

Helena kehrt ins Esszimmer zurück. Sie trägt nun einen langen bordeauxfarbenen Mantel und einen breiten, braunen Schal dazu.

HELENA Na, wie seh' ich aus? *Sie dreht eine Pirouette.*
VICTOR Schick.
DELPHI Sehr herbstlich.
HEDON *springt auf, brüllt* Dieser Dreckscamper!

Er holt aus und wirft. Das Tablet fliegt mitsamt Kopfhörern wie ein Wurfgeschoss durch das Zimmer und zerschellt krachend an der Wand gegenüber. Splitter regnen auf den Parkettboden nieder. Eine einzelne Platine bleibt mitsamt Teigfetzen an der Tapete kleben. Dann ist es wieder still. Hedon setzt sich schnaufend und greift wieder nach dem Laptop vom Frühstück.

VICTOR Das ist neu.
DELPHI Das war das Tablet auch.
HELENA *ungerührt* Jedenfalls war der Paketbote sehr freundlich.
DELPHI Wer war es diesmal?
HELENA Ein überaus charmanter Türke. Seltsam war nur, dass er mit französischem Akzent gesprochen hat.
DELPHI Dann war es vermutlich ein Algerier oder Tunesier.

HELENA *Sie hebt die Hände und macht eine wi-schende Bewegung.* Ist ja auch völlig unwichtig, woher jemand kommt. Wir sind alle Menschen.

DELPHI Und dazu sind wir Christen, Juden, Schiiten, Sunniten, Alewiten, Jesiden –

VICTOR Ich geh mal eine weitere Runde spazieren. *Er läuft eilig zur Terrasse. Ab*

HELENA Die Religionsfreiheit ist ein wichtiges Gut, Schatz.

DELPHI Dem bei Weitem zu viel Gewicht zukommt, seit jeher.

HELENA *nachsichtig* Glauben zu können, ist etwas Wunderbares. Das wirst du auch noch erleben.

DELPHI Vor allem macht es alles so viel simpler, nicht?

HELENA Glaube versetzt Berge, Delphi.

DELPHI Im Moment versetzt er vor allem ganze Völker.

HELENA Derer wir uns annehmen müssen, wie es unsere christlichen Werte verlangen.

DELPHI Hohle Phrasen, an die wir selbst kaum mehr glauben. Die uns Kopf und Kragen kosten wer-den.

HELENA Gott ist gut. Wir sind es, die fehlbar sind.

Von Hedons Laptop ist das rhythmische Feuern von Maschinengewehren zu hören.

DELPHI Fehlbar ist hier eine Untertreibung jenseits sämtlicher Maßstäbe, Mutter.

HELENA Die Weltgemeinschaft wird schon irgendwann eingreifen. Bis dahin liegt es an uns, so viel Leid wie möglich zu lindern. Auch dein Vater tut das.

DELPHI *trocken* Sicher. Und als nächstes rettet er Griechenland. Mein Vater, der Titan.

HELENA Sei ruhig zynisch, es ändert nichts an den Tatsachen.

DELPHI All diese Tatsachen haben wir mitverschuldet. Weil wir die Guten sein wollten. Seit Gründung der Bundesrepublik haben wir immer nur die Guten sein wollen.

HELENA Aber Schatz, wir sind die Guten.

DELPHI Wir sind diejenigen, die zugeschaut – und applaudiert haben –, als sich die Amerikaner nach ihrem unnötig angezettelten Krieg vorschnell aus dem Irak zurückgezogen haben. Wir sind diejenigen, die zugeschaut haben, wie die irakische Armee desertiert und in Teilen übergelaufen ist und wie einige hundert Fanatiker sich mit dem zurückgelassenen Waffenarsenal der Amis hochgerüstet haben. Und nun sind sie Legion.

HELENA Was hätten wir deiner Ansicht nach tun sollen? Eingreifen? Mit der Bundeswehr?

DELPHI *abfällig* Wir? Auf uns allein gestellt? Gott bewahre, unsere arme Rumpeltruppe hat ja nicht einmal genug schusssichere Westen. Geschweige denn zuverlässige Gewehre.

HELENA Zumindest haben die Soldaten mit Familie jetzt mehr Möglichkeiten zur Kinderbetreuung.

DELPHI Wie beruhigend, dass wir unsere Prioritäten haben.

Eine blecherne, männliche Stimme aus Hedons Laptop verkündet, dass eine Bombe platziert wurde.

HELENA Was hätten wir dann tun können?

DELPHI Wir hätten zum Beispiel darauf achten können, dass die Amis ihre verfluchten Waffen wieder mitnehmen. Oder sie unschädlich machen. Was weiß ich! Sie hätten Panzer und Raketenwerfer lahmlegen und im Persischen Golf eine Kunstinstallation daraus aufschütten können. Für die Tauchtouristen der Zukunft.

Schweigen. Helena blickt streng drein.

HELENA Dein Vater und ich hatten so gehofft, dass dich dein Studium ein wenig toleranter werden lässt. Weltoffener. Stattdessen kommst du zurück und bist streitsüchtiger denn je.

DELPHI Bitte vielmals, meine Sicht der Dinge zu entschuldigen.

Von Hedons Laptop ist das Geräusch einer Explosion zu hören. Er grinst hämisch und zeigt dem Bildschirm den ausgestreckten Mittelfinger.

HELENA Was macht dich so bitter?

DELPHI Die Art und Weise, wie sich meine Heimat verändert.

HELENA Aber Schatz, alles hat sich schon immer verändert.

DELPHI Mag sein, doch bin ich ungern Zeugin eines Suizids.

HELENA Was soll das schon wieder heißen?

DELPHI In den Straßen der Großstädte wird kaum mehr ein deutsches Wort gesprochen. Ich sehe nur noch Menschen, deren Gesichter mir nicht im Entferntesten vertraut sind, deren Sitten und Gebräuche mir widerstreben. Ich bin es, die sich als Fremde fühlt.

HELENA Also ich fühle mich geschmeichelt, dass so viele bei uns leben möchten.

DELPHI Sie leben bei uns, um unseres Wohlstands willen. Aber nicht mit uns. Nicht weil wir es nicht zulassen würden, sondern weil unsere Werte für sie nur Worte sind. Unsere Verfassung ist für sie ein einziger kryptischer Witz, der sich ihnen nicht erschließt. Wenn die Demografie zu ihren Gunsten kippt, werden sie den Witz einfach umschreiben, demokratisch legitimiert. Die Worte tragen sie bereits in ihren Herzen. Und

Leute wie du und Vater rollen ihnen den roten Gebetsteppich aus. Nichts wird von uns übrigbleiben, wenn ihr so weitermacht.

Helena schweigt. Dann steht sie auf und geht in die Küche. Kurz darauf kommt sie mit einer Flasche Rotwein zurück.

HELENA Ich weiß nicht, wie es dir geht, aber ich brauche jetzt ein Gläschen. Möchtest du auch?
DELPHI *schüttelt den Kopf* Nein, danke.

Helena entkorkt die Flasche und schenkt sich ein Glas ein. Die Bewegungen routiniert. Sie führt es zitternd an die Lippen und nimmt einen großen Schluck. Dann noch einen.

HELENA *setzt sich, langsam* Vielleicht, ich betone vielleicht, übernehmen wir uns gerade tatsächlich ein wenig. Aber ich kann nicht daran glauben, dass diese Leute uns Böses wollen.
DELPHI *spöttisch* Das ist doch gerade der Witz, auf den ich hinwies. Sie verändern unsere Gesellschaft nicht, weil sie böse sind, sondern weil es ihren Vorstellungen von Recht und Ordnung entspricht.

*Das erste Glas zur Hälfte geleert, greift Helena
schnell erneut nach der Flasche. Dieses Mal wird
das Glas randvoll geschenkt.*

DELPHI Hilft nichts, Mutter. Das haben schon größere Trinker als du und ich mit mehr Eifer und
genauso wenig Erfolg probiert.

HELENA Delphi, du kannst sie doch nicht alle über
einen Kamm scheren! Etliche sind bereits gut
integriert. Die anderen brauchen einfach etwas
mehr Zeit, um sich einzuleben.

Delphi schweigt, dann nickt sie.

DELPHI Womöglich. Aber das würde voraussetzen,
dass wir auch morgen noch die Mehrheit der
Gesellschaft stellen. Hast du dich je gefragt,
warum die erste Generation, die der Gastarbeiter,
sich so gut integrieren konnte?

Helena schüttelt den Kopf.

DELPHI Weil sie dazu gezwungen waren. Es gab
keine Amtsformulare auf Türkisch. Kein Anspruch auf einen Dolmetscher im Staatsdienst.
Keine Moscheen voller Demagogen, die ihnen
den Kopf verdrehten. Aber es gab gut bezahlte
Arbeit – und am Wichtigsten – Anerkennung und
Respekt für jene, die sie ausübten.

HELENA Was hat sich dann geändert?

DELPHI Das Selbstbild der zweiten und dritten Generation. Sie betrachten unsere Kultur und Werte nicht länger als Vorbilder für ihren Lebensentwurf. Weil unsere anhaltenden Zugeständnisse für sie ein Zeichen der Schwäche sind. Stattdessen verherrlichen sie die Idee einer geistigen Heimat, die so nie existiert hat. Jedes weitere Entgegenkommen füttert ihre Religiosität.

HELENA Das ist doch Irrsinn!

DELPHI Leider ist es das. Je mehr wir auf sie zugehen, desto weiter entfernen sie sich von uns. Und wir uns von uns selbst.

Helena trinkt. Etwas Wein schwappt über.

DELPHI Integration bedeutet, das alte Selbst zu Grabe zu tragen. Die alte Identität einer neuen zu opfern, um als Minderheit in einer Mehrheit aufzugehen. Diesen Menschen fehlt es an Wille und Notwendigkeit zu derlei Opfern gleichermaßen. Sie wissen, dass sie nur warten müssen. Bis sie die Mehrheit sind. Wir weichen von alleine.

Schweigen.

HELENA Vielleicht sollten wir uns ja ihnen anpassen. Vielleicht würde das helfen.

DELPHI Wir haben uns schon immer angepasst. Wenn wir es wollten oder wenn es notwendig wurde. Wir sind so viel mehr als die Gräuel beider Weltkriege. Wir sind das alte, geopolitische Herz Europas. Hin und wieder waren wir es sogar kulturell. Schon immer sind wir ein Einwanderungsland gewesen. Und ein Zankapfel.

HELENA *verwirrt* Worauf willst du hinaus?

DELPHI Ein Teil der Weltgemeinschaft sollten wir sein, vernetzt und verbunden in Frieden, Handel und Forschung. Doch ist ein Volk mehr als nur eine beliebige Anzahl Menschen, die ein Stück Land ihre Heimat nennt. Wir sind eine Kultur. Wir haben das Recht, um unserer selbst willen zu existieren. Es ist uns nicht aufzuzwingen, wen oder was wir zu akzeptieren haben. Nicht von der Politik. Nicht von der Religion. Nicht von den selbsternannten Eliten. Der Islam und Deutschland, der Islam und Europa, es ist eine arrangierte Zwangsehe wider aller Liebe und wider die Vernunft. Es ist nur eine Frage der Zeit, bis die Völker die Scheidung einreichen werden. Der Rosenkrieg ist die unvermeidliche Konsequenz.

Schweigen. Delphi mustert ihre Mutter nachdenklich. Das Glas erneut zur Hälfte geleert, sind deren Wangen nun leicht gerötet. Ihr Mund formt eine schmale, bittere Linie. Erstmals erkennt man deutlich die Verwandtschaft der beiden Frauen.

HELENA Wie soll es dann weitergehen? Mit uns?

DELPHI Das kommt darauf an, wie wir unsere Politik ausrichten. Die Flüchtlinge jedenfalls können wir nur guten Gewissens zurückschicken, wenn wir unseren Teil dafür leisten, dass ihre Heimat wieder sicher wird. Nur sollte das zeitnah geschehen.

HELENA Und wie genau stellen wir das an?

Delphi hält inne, sammelt sich.

DELPHI Indem wir unser NATO-Bündnis endlich ernst nehmen und militärisch gegen die Islamisten dieser Welt vorgehen.

Helena springt von ihrem Stuhl auf. Ihr Gesicht ist verzerrt vor Wut und Verwirrung.

DELPHI Natürlich würde das voraussetzen, dass wir vorher einen Teil unserer Rüstungsexporte zurückleasen. Ich finde, das klingt wie etwas, das unser Verteidigungsministerium machen würde, oder?

HELENA Du kannst doch nicht für den Krieg plädieren! So haben wir dich nicht erzogen!

DELPHI Ich kann, wie du siehst. Das nennt man Meinungsfreiheit. Sie ist – sie war – ein Standbein unserer Demokratie.

HELENA Du kannst unmöglich wollen, dass Menschen sterben. Das ist unmenschlich!

DELPHI Dann definiere du mir zunächst einmal, was eigentlich menschlich ist.

Schweigen.

DELPHI Das sind Menschen, die ihre Nachbarn angreifen. Ihre Dörfer verwüsten, die Männer massakrieren und Frauen versklaven, vergewaltigen und verkaufen. Menschen, die uns Videobotschaften senden, wie sie Kriegsgefangene lebendig in Käfigen verbrennen und Archäologen enthaupten. Menschen, die jahrtausendealtes Weltkulturerbe plündern und zu Schutt und Asche sprengen. Menschen, die auch zu uns kommen, jetzt und schon seit Jahren, getarnt unter jenen, die sie vertrieben haben.

HELENA Ich will das nicht glauben.

DELPHI Wir sind pervers, Mutter. Wir haben die ganze Zeit dabei zugeschaut, den Krieg nur gespielt und dabei Lieder vom Frieden gesungen. Wir haben auf bessere Zeiten gewartet, die nicht kommen werden. Auch ich nehme mich da nicht aus. In High Definition und im Livestream haben wir uns das ganze Elend reingezogen. Und jetzt mimen wir Florence Nightingale.

HELENA Das kann unmöglich die einzige Möglichkeit sein.

DELPHI Es ist die letzte, die uns bleibt, Mutter. Die Islamisten werden nicht mit uns verhandeln. Wenn dann nur, um ihre Messer zu wetzen. Die Diplomatie ist am Ende.

Helena erhebt sich zitternd von der Tafel.

HELENA Delphi, ich höre mir das nicht mehr länger mit an. Ich kann nicht, will nicht und werde das nicht glauben. Krieg kann nicht die Lösung sein. Der Mensch ist doch vernunftbegabt.

Sie greift nach Glas und Flasche und geht zum Fernseher. Sie lässt sich auf die Couch fallen und schaltet ein. Auf dem Bildschirm lachende Gesichter. Es werden Hände geschüttelt. Eine Preisverleihung für Zivilcourage.

DELPHI Der Mut liegt in den letzten Atemzügen. Die Rippen eingetreten, die Lunge läuft voll mit Blut. Ein Butterfly steckt in der Milz. Einmal zu oft dazwischen gegangen, im falschen Moment. Eine edle, gurgelnde Ausnahme des Menschengeschlechts krepiert einsam im Rinnstein.

Helena schaltet um, verschränkt trotzig die Arme. Nun zeigt der Fernseher eine Rentnerin vor einer Schiefertafel, die einer Gruppe Flüchtlinge Deutsch beibringt.

DELPHI Die Würde sitzt hochbetagt in einem ge-
schnitzten Lehnstuhl, aus Trümmern geborgen.
Die Dritten im Mund, den Mann in der Erde, die
Kinder in der großen Stadt. Eine letzte Über-
lebende harrt alleine der Weiterreise. Der Tod
klopft vor ihrer Zeit an die Tür. Er hat Hilfe mit-
gebracht. Sie tragen Masken. Und Brecheisen.

*Helena streicht sich über die Augen und zappt
weiter. Eine Demonstration gegen Islamhass in
Amsterdam.*

DELPHI Die Freiheit versuchte noch zu fliehen,
vergebens, denn ein Körper voller Kugeln fährt
weder Rad noch rennt. Noch am Boden liegend,
um ihr Leben flehend, versuchte sie, zu verhandeln. Zwecklos, denn der Jünger war unbestechlich. Er durchschnitt die Kehle und brachte
eine Botschaft an. Nie mehr wird dieser Hals dem
einen, wahren Gott und seinem Propheten
spotten.

*Helena nimmt einen großen Schluck. Noch einmal
schaltet sie um. Ein schwarzes Flüchtlingsmädchen
sitzt in einem Stuhlkreis und starrt mit leeren Augen
in die Ferne.*

DELPHI Die Unschuld kam aus Afrika, an Bord eines
Schiffes. Die Mörder auch. Sie verhalfen ihrer

Familie zu einem Bad im Mittelmeer und ihr zu einer Hochzeitsnacht mit vielen. Zerrissen und beendet räumt man ihr nun ein bisschen Platz ein, um still zu bluten. Die Mädchen von Rotherham fühlen es ihr nach. Doch seid ohne Sorge, keine Sünde war geschehen. Ist sie doch nur eine Kuffar.

Helena macht den Fernseher aus und vergräbt ihr Gesicht zwischen den Händen.

DELPHI Du siehst, Mutter, so manche Begabung verkümmert, wenn man sich ihrer nicht mehr bedient.

Helena wiegt sich vorwärts, umklammert die Knie und zieht sie an ihren Oberkörper.

HELENA Du bist doch nicht mehr zu retten.

Delphi blickt von ihrer Mutter zu ihrem Bruder. Hedon hat inzwischen fertig gegessen. Einzelne Fetzen Keksteig zieren den spärlichen Flaum seines Bartwuchses. Die leere Packung ›Stars 'n' Stripes‹ liegt zerpflückt, wie ein ausgeweideter Kadaver, vor ihm.

DELPHI Ich fürchte, das trifft auf uns alle zu.

Zweiter Akt

Sechzehn Uhr in Berlin. Die Kanzlerin hat einen Buchständer aufgestellt und sitzt vor der signierten Biografie ihres Amtsvorgängers. Sie liest ein bisschen, greift nach einem neonfarbenen Stift und markiert sich eine Passage. Dann greift sie nach einem Zettel und beginnt, sich Notizen zu machen. Die Sonne überschüttet Berlin noch immer mit ihrer Wonne, gleichwohl zieht der Himmel allmählich zu. Das Telefon beginnt zu läuten.

MAKEL *nimmt ab* Sie wissen schon wer.

JUNGMÜLLER Der Finanzminister hat vor wenigen Minuten das Gebäude betreten und wartet im Foyer. Soll ich ihn hinhalten?

MAKEL Nein, ist schon recht. Schicken Sie ihn direkt hoch.

JUNGMÜLLER Verstanden. Nur, Frau Kanzlerin –

MAKEL Ja, was noch?

JUNGMÜLLER Er hat den Hund dabei.

MAKEL *knurrend* Ich schwöre es, das macht er mit Absicht.

JUNGMÜLLER Soll ich ihn bitten, den Hund vor der Tür zu lassen?

MAKEL Nein, bloß nicht. Dann ist er wieder beleidigt. Und ich hasse es, wenn ich Granit kauen muss.

JUNGMÜLLER Dann dürfte er jeden Moment bei Ihnen sein.

MAKEL Bestens. *legt auf*

Sie liest, macht sich weitere Notizen. Kurze Zeit später klopft es.

MAKEL Herein.

Der betagte Finanzminister betritt schlurfend das Büro. An seiner Seite die gleichsam altersschwache Schäferhündin, die ihm als Blindenhund dient. Die Kanzlerin rückt mit ihrem Stuhl weiter von der Tür weg.

SCHÄUFELE *mit einem breiten Lächeln* Guten Tag, Angela.

Er wird von dem Tier in Richtung der Kanzlerin gelotst und macht Anstalten, ihr die Hand schütteln zu wollen.

MAKEL Mein lieber Argus –

Die Kanzlerin starrt panisch von der ausgestreckten Hand zur Hündin und wieder zurück. Der Finanzminister hat nun fast den Tisch erreicht.

MAKEL – es tut mir leid, aber heute bitte kein Hände-
schütteln. Ich fürchte, ich hab' mir was einge-
fangen.

SCHÄUFELE Oh.

Er wirkt besorgt und lässt die Hand sinken.

SCHÄUFELE Hoffentlich nichts Ernstes?

MAKEL Nein, Nein. Du kennst mich doch. Mich haut
so schnell nichts um.

SCHÄUFELE Natürlich. Zora? Banca!

*Zora setzt den Befehl sogleich um und führt ihr
Herrchen zum Sitz am Tischende. Schäufele nimmt
Platz und löst sie von der Leine. Die Kanzlerin wie-
derum springt auf und nimmt am gegenüberlie-
genden Ende Platz. Ihr Blick folgt Zora, die nun in
aller Seelenruhe beginnt, das Büro zu inspizieren.*

SCHÄUFELE Ach, so ein gutes, treues Tier.

MAKEL *frostig* Das Allertreuste.

SCHÄUFELE Beginnen wir. Wen schröpfen wir heute?

MAKEL Sag doch nicht sowas, Argus. Die Leute haben vollstes Verständnis dafür, dass humanitäre
Hilfe nun mal zwangsläufig nicht umsonst sein
kann.

SCHÄUFELE Die Leute haben immer für alles Verständnis, Angela. Solange zumindest, bis sie kein

Verständnis mehr haben. Und dann ist nicht mal mehr ein Quäntchen da.

MAKEL *nachsichtig* Alter Griesgram.

Er bringt ein schmallippiges Grinsen zustande. Zora beschnüffelt derweil verwundert die umgetretenen Schachfiguren im hinteren Teil des Zimmers.

SCHÄUFELE *ernst* Ich bin Pragmatiker, das weißt du. Und als Pragmatiker und Finanzminister frage ich dich, wem wir noch in die Tasche langen können, ohne uns zu verbrennen?

MAKEL *zögert* Nun ja.

SCHÄUFELE Von der Europäischen Union dürfen wir keine weitere Hilfe mehr erwarten. Die haben die Schnauze gestrichen voll von uns.

MAKEL Ich hatte eigentlich gedacht, wir könnten mal wieder die Mehrwerts –

SCHÄUFELE Auf gar keinen Fall!

MAKEL Aber Argus –

SCHÄUFELE *vehement* Nein!

MAKEL *seufzt* Du weißt, dass ich dieses Wort nicht leiden kann.

SCHÄUFELE Tut mir leid.

MAKEL Fein. Wie schaut es mit der Grundsteuer aus?

SCHÄUFELE Nein.

MAKEL Warum nicht?

SCHÄUFELE *hebt den Zeigefinger* Schaffe, schaffe –

MAKEL Verschone mich, Argus.

SCHÄUFELE Es bleibt beim Nein.

Die Kanzlerin fletscht die Zähne. Ihre Hände formen eine würgende Geste über den Tisch hinweg.

MAKEL Wie wäre es mit der Kraftfahrzeugsteuer?

SCHÄUFELE Nein. Unsere Industrie hat schon genug gelitten. Überhaupt, allmählich hab' ich den Eindruck, du hast etwas gegen Automobilhersteller.

MAKEL Nicht doch. Immerhin subventioniere ich sie doch stärker als die Franzosen ihre Gänsemast für Stopfleber.

SCHÄUFELE Dann hast du etwas gegen Autofahrer.

MAKEL Nein. Aber fast jeder hier hat eines.

SCHÄUFELE Ja, eben deswegen.

MAKEL Heißt das nun Ja?

SCHÄUFELE Nein.

MAKEL *beschwichtigend* Argus, irgendwas müssen wir tun, sonst randalieren uns die Flüchtlinge noch in ihren Heimen.

SCHÄUFELE Jeder einzelne deiner Vorschläge zielt darauf ab, mehrheitlich den Mittelstand zu treffen, Angela.

MAKEL Aber die haben zusammen am meisten! Und die können nicht so leicht ins Ausland umschichten.

SCHÄUFELE *mahnend* Du hattest versprochen, die Leute nicht zusätzlich zu besteuern.

MAKEL Was kann ich dafür, dass sie mir das jedes Mal abkaufen? Ich hatte auch versprochen, dass es keinen übereilten Ausstieg aus der Kernenergie geben wird. Und dann versprach ich, nicht wieder einzusteigen.

SCHÄUFELE Das Volk vertraut dir, Angela.

MAKEL Die Bevölkerung weiß heute schon nicht mehr, was sie gestern zu Mittag hatte. Ich habe auch mal behauptet, Multikulti sei gescheitert. Haben sie auch alle vergessen.

SCHÄUFELE Mag sein, aber wenn wir noch mehr Flüchtlinge aufnehmen, wird mehr als nur Multikulti scheitern.

MAKEL *barsch* Ich werde nicht scheitern. Wir werden –

Von der Kanzlerin unbemerkt, hat sich Zora unter dem Tisch verkrochen. Erstarrt beobachtet sie, wie das Tier ihr Knie neugierig beschnüffelt. Dann verpasst sie der Hündin einen wuchtigen Tritt in die Flanke, was diese mit einem traurigen Winseln und sofortigem Rückzug unter hängenden Ohren quittiert.

SCHÄUFELE *alarmiert* Zora, mein Spätzle? Was ist passiert?

MAKEL Oh, das arme Tier! Ihr ist eben glatt das Bundesgesetzbuch auf den Kopf gefallen.

SCHÄUFELE Zora, hierher!

Eilig huscht die Hündin zum Finanzminister. Während er ihr vorsichtig den Kopf abtastet, werden seine Hände inbrünstig abgeschleckt.

MAKEL *mit steinerner Miene* Ich glaube, es geht ihr gut, Argus.
SCHÄUFELE Ich hoffe bloß, sie hat sich keine Gehirnerschütterung zugezogen. War es eine gebundene Ausgabe?
MAKEL Äh, nein.
SCHÄUFELE *erleichtert* Gott sei Dank.

Das Telefon klingelt erneut. Wieder Jungmüller.

MAKEL *entnervt* Was?
JUNGMÜLLER Verzeihen Sie die Störung, Frau Kanzlerin, aber der Verfassungsschutz verzeichnet einen erneuten Peak in den sozialen Medien.
MAKEL Oh, dieses verdammte Internet! Schicken Sie mir die Schwedin hoch.
JUNGMÜLLER Verstanden. *Legt auf*

Schweigen. Die Kanzlerin sammelt sich, atmet tief durch.

MAKEL Mein lieber, lieber Argus –
SCHÄUFELE Nein.
MAKEL Schäufelchen –
SCHÄUFELE Nein, Angela. Ich bin unerbittlich.

MAKEL Ich weiß.

SCHÄUFELE Unbestechlich.

MAKEL Das wissen wir alle.

SCHÄUFELE Und unbeirrbar.

MAKEL Natürlich bist du das. Aber wenn wir uns nicht bald einig werden, dann war es das mit meiner – ich meine – mit unserer Wiederwahl. Das weißt du so gut wie ich.

SCHÄUFELE *zuckt mit den Schultern* Und wenn schon. Ich wünschte, ich hätte ein paar Sachen anders gemacht. Vielleicht ist es an der Zeit.

MAKEL Möchtest du etwa zurücktreten?

SCHÄUFELE *ruhig* Ich sage nur, dass ich mich nicht umstimmen lasse.

MAKEL Wir könnten neue Kredite aufnehmen. Die waren noch nie so billig.

SCHÄUFELE Die schwarze Null bleibt bestehen.

MAKEL Aber wir brauchen doch nur drei Milliärdchen.

SCHÄUFELE Das wären die dritten drei Milliarden im laufenden Jahr.

MAKEL Argus, wir –

SCHÄUFELE Nein.

MAKEL Du bist so ein alter Sturkopf. Wir müssen uns hier jetzt zusammenreißen und alle gemeinsam an einer Lösung für dieses Problem arbeiten.

SCHÄUFELE *horcht auf* Moment, sind noch andere Leute im Raum?

MAKEL Du weißt, was ich meine.

Es klopft.

MAKEL Herein.

Die Schwedin betritt das Büro. Das hübsche Gesicht wird etwas von ihrer strengen, kämpferischen Miene in Mitleidenschaft gezogen. In gewisser Weise hat sie Ähnlichkeit mit Delphi. Ihre hellen Augen werden von einer dickrandigen Brille umrahmt. Das dunkle, krause Haar steht zu allen Seiten hin ab. Ein Chaos, das entweder aus Absicht oder Resignation herrühren mag. Sie trägt einen lilafarbenen Zweiteiler, der dem der Kanzlerin auf Schnitt und Faser gleicht. In ihrer Hand ein Aktenkoffer derselben Farbe.

SCHWEDIN Wie kann ich helfen?

MAKEL Wie schlimm ist der jüngste Peak?

SCHWEDIN Stufe zwei. Die Sachsen, wieder mal. Sie haben eine geplante Flüchtlingsunterkunft angezündet und tanzen nun ums Feuer. Die anderen asozialen Elemente in den sozialen Medien feiern.

MAKEL Resonanz?

SCHWEDIN Stark. Das Pack wird immer dreister. Wir versuchen –

MAKEL Mehr muss ich nicht wissen. Geben Sie ihren Leuten Bescheid und gehen Sie mit aller Härte dagegen vor. Sie können dort hinten Platz nehmen.

SCHWEDIN Jawohl.

Sie nimmt sich kurz Zeit, Zora zu streicheln und begibt sich dann zur Sitzecke, wobei sie einen Hauch süßlichen Parfüms verströmt. Der Finanzminister schnuppert ihr verzückt hinterher. Die Schwedin setzt sich auf einen der großen Polstersessel, zieht einen Laptop aus der Aktentasche und nimmt flink tippend ihre Arbeit auf.

MAKEL *missbilligend* Wo waren wir stehengeblieben?

SCHÄUFELE Noch einmal jung sein –

MAKEL Argus.

SCHÄUFELE *Er blinzelt verlegen.* Verzeihung.

MAKEL Wir müssen doch einen Kompromiss finden können. Wir sind uns bisher immer einig geworden.

SCHÄUFELE Ich habe die Griechen für dich bezwungen, Angela. Und nicht nur die. Auch die Zyprioten, die Italiener und die anderen aufmüpfigen Südländer. Ich werde jeden für dich bezwingen. Aber das kann ich nur, wenn ich meinen Prinzipien treu bleiben darf.

MAKEL Wir dürfen hier aber nicht nach Prinzipien handeln! Die Republik und Europa werden ein einziger Hexenkessel, wenn wir nicht mehr Gelder bereitstellen.

SCHÄUFELE Nun ja, wir könnten die Grenzen auch einfach mal dichtmachen. Also ernsthaft dichtmachen. So richtig. Und dann könnten wir versuchen, die Situation irgendwie wieder unter Kontrolle zu bekommen.

MAKEL Ich soll all diese Menschen aussperren, die auf der Suche nach einer besseren Zukunft sind? Auf der Suche nach einer sicheren, dauerhaften Heimat? Auf der Suche nach mir? Das kann nicht dein Ernst sein.

SCHÄUFELE Angela, mein Mädchen –

Die Schwedin legt schockiert die Hand vor den Mund.

MAKEL Auf gar keinen Fall, Argus. Und ich bin nicht dein Mädchen.

Schweigen. Die Kanzlerin starrt ihren Finanzminister feindselig an. Er schaut aus traurigen, trüben Augen irgendwo auf einen weit entfernten Punkt hinter ihr. Die Schwedin blickt fassungslos zu ihnen hinüber.

MAKEL *frostig* Wir hören Sie nicht mehr tippen. Tippen Sie weiter.

Die Schwedin tut, wie ihr geheißen, nun sogar noch schneller als zuvor.

SCHÄUFELE Ich versteh die Welt nicht mehr, Angela. Früher gab es für die Flüchtlinge ein Dach über dem Kopf, einen Stapel aus der Altkleidersammlung, eine warme Decke und was Herzhaftes zu essen. Und alle waren sie dankbar. Niemand wäre auch nur auf die Idee gekommen, seinen Helfern das Essen hinterherzuwerfen oder Sicherheitskräfte zu bespucken.

MAKEL Die Zeiten ändern sich, mein lieber Argus. Wir müssen auf die besonderen Bedürfnisse der Flüchtlinge eingehen, das ist unsere Pflicht.

SCHÄUFELE *Er wirft die Hände in die Luft.* Ja, ich merke es. Bedürfnisse. Dass ich nicht lache. Haram dies, haram das, haram am Arsch. Ich kann es nicht mehr hören.

MAKEL Beruhige dich doch bitte, Argus. Bleib sachlich.

SCHÄUFELE Gar nichts werde ich. Allmählich werde ich das Gefühl nicht mehr los, dass wir nur eine UN-Resolution davon entfernt sind, das Menschenrecht auf kostenloses Internet niederzuschreiben.

MAKEL Oh, dieses verdammte Internet!

Die Schwedin, nun einhändig tippend, versucht das akrobatische Kunststück zu bewerkstelligen, ein Foto von der sich ihr bietenden Szenerie zu machen.

MAKEL *ohne sie anzuschauen* Wenn Sie auch nur ein Foto knipsen, sind Sie entlassen. Hashtag arbeitslos, verstanden?

Sofort verschwindet das Smartphone wieder.

SCHÄUFELE Ich weiß nicht mehr weiter, Angela. Die Polizeipräsidenten der Länder sind auch nur noch am Rotieren. Diebstahl, Drogenhandel, Körperverletzung, ja selbst zu Hause sind unsere Bürger nicht mehr sicher. Übergriffe auf Frauen und Kinder sowohl in- als auch außerhalb der Heime. Wo soll das noch hinführen?

MAKEL Argus, vielleicht sind wir das heute falsch angegangen. Wenn wir –

Der Finanzminister schüttelt langsam den Kopf.

SCHÄUFELE Nein, Angela. Meine Antwort wäre morgen immer noch dieselbe.

MAKEL *hastig* Wir könnten den Soli umschichten.

SCHÄUFELE Von Ost nach West? So würde ein Schuh draus.

MAKEL Nein, Nein. Vom Aufbau Ost zu den Flüchtlingen.

Er richtet sich wacklig auf, Zora tut es ihm gleich.

SCHÄUFELE Ich bin dessen müde, Angela. Sehr müde. Zudem treffe ich mich morgen in der Früh mit dem französischen Finanzminister zum Sparring. Ruf mich wieder, wenn du Gelder brauchst, um einen anständigen Grenzschutz auszuheben oder die Polizeikräfte aufzustocken.

MAKEL Argus, du machst einen Fehler.

SCHÄUFELE Nein. Ich habe Fehler gemacht. Den einen oder anderen auf jeden Fall. Aber auf gar keinen Fall will ich derjenige sein, der dieses Land endgültig in den Ruin treibt. Komm, Zora. Porta!

Das Tier führt den Greis zur Tür. Auf ihrer hellen Flanke prangt ein schwarzer Fußabdruck. Bevor der Finanzminister die Tür schließt, wendet er noch einmal um.

SCHÄUFELE Es tut mir aufrichtig leid, dass ich nicht mehr tun kann. *Ab*

Mit steinerner Miene starrt die Kanzlerin an die Stelle, an der eben noch ihr treuester Untergebener gestanden hat. Von hinten tritt vorsichtig die Schwedin an sie heran.

SCHWEDIN *leise* Oh mein Gott, Frau Makel. Ich meine, oh mein Gott. So dürfen Sie sich nicht behandeln lassen. Sie sind die mächtigste Frau der Welt!

MAKEL Dessen bin ich mir sehr wohl bewusst. Und dennoch, wenn dieser alte Leprechaun es vorzieht, auf dem Topf voll Gold sitzen zu bleiben, so sind mir die Hände gebunden.

SCHWEDIN *hastig* Ich habe das alles mitgeschnitten. Im Ernst, ich habe es alles aufgenommen. Ich war mir erst nicht sicher, ob ich das sollte, weil es ja eigentlich nicht erlaubt ist, aber als er dann so voll sexistisch wurde –

Die Kanzlerin legt den Kopf schief und runzelt die Stirn.

MAKEL Auf Band, sagen Sie?

SCHWEDIN Ja. Wollen Sie es haben?

MAKEL *Sie überlegt einen Moment.* Ja, warum eigentlich nicht? Lassen Sie mir eine Kopie zukommen.

SCHWEDIN Sofort. Wie hätten Sie es gerne?

MAKEL Kassette wäre mir am liebsten. Aber CD geht auch.

SCHWEDIN *blinzelt* CD also –

MAKEL Bestens. Haben Sie den Peak bereits auflösen können?

SCHWEDIN Meine Abteilung ist dran. Der ursprüngliche Initiator wurde vor fünf Minuten

festgenommen. Die Anklage wegen Volksver-
hetzung läuft.

MAKEL Was ist mit den anderen Scharfmachern?

SCHWEDIN Den Großteil der Kommentatoren werden
wir wegen Rassismus und Verleumdung dran-
kriegen. Gegen die Vorsichtigeren haben wir
zunächst mal nichts in der Hand. Aber vielleicht
finden wir noch was.

MAKEL Ausgezeichnet. Sagen Sie, haben Sie schon
einmal darüber nachgedacht, von der Zensur in
den Verfassungsschutz zu wechseln?

SCHWEDIN *überrascht* Ich? Für den Geheimdienst?
Oh –

MAKEL Wir müssen dort noch dringend die Frauen-
quote erhöhen und Sie scheinen mir ein ange-
borenes Talent für dieses Tätigkeitsfeld zu be-
sitzen.

SCHWEDIN Das kommt so plötzlich.

MAKEL Ja? Nein?

SCHWEDIN *begeistert* Ja!

MAKEL Wunderbar. Ich lasse Sie dann im Laufe der
Woche wegen eines Volontariats anrufen.

SCHWEDIN Haben Sie meine Nummer?

Sie nestelt an ihrer Handtasche.

MAKEL Machen Sie sich keine Umstände. Ich bin
ziemlich sicher, dass wir die irgendwo haben.

Die Schwedin wirkt verunsichert und versucht zu lächeln, aber es gelingt ihr nicht so recht.

MAKEL Das wäre dann alles gewesen. Und ich erwarte selbstverständlich, dass Sie Stillschweigen über all das heute wahren.

Die Schwedin nickt eifrig und senkt den Kopf.

SCHWEDIN Ja. Stillschweigen. Natürlich. Vielen Dank für diese Chance, Kanzlerin. *Ab*

Die Tür fällt ins Schloss. Die Kanzlerin stapft in einigen, kurzen Schritten zur Sitzecke. Sie setzt sich, schnürt sich die Schuhe fester. Dann steht sie erneut auf, zieht den Bund ihrer Hose höher und zupft den Anzug zurecht. Sie wendet sich den Schachfiguren zu, nimmt Anlauf und bringt den Turm mit einem krachenden Tritt zu Fall. Anschließend geht sie wieder zum Konferenztisch und greift nach dem Telefon.

MAKEL Jungmüller? Wir ändern die Planänderung. Anstelle eines Interviews werde ich ein Statement vor der Presse abgeben. Aber ich werde mich nicht zum Freihandelsabkommen, sondern zur Flüchtlingspolitik äußern. Die Finanzierungsfrage muss nun auch endlich Chefsache werden. Leiten Sie alles Notwendige in die Wege. Behaupten Sie einfach, es sei wichtig.

*

Allmählich wird es dunkel über der Schwäbischen Alb. Im letzten Tageslicht, nahe der Terrasse des Herrenhauses, spielen zwei Hasen miteinander auf dem englischen Rasen. Jenseits des Gartenzauns liegt ein Fuchs im Maisfeld und betrachtet das Geschehen. Das Tier gähnt, dann richtet es sich auf und trottet gemächlich von dannen. Im hell erleuchteten Esszimmer der Bonkerbauers gehen Delphi und Victor derweil die letzten Details durch. Hedon spielt auf einer mobilen Spielkonsole, inzwischen hat er Ohrstöpsel als Ersatz für die zerstörten Kopfhörer aufgetrieben.

VICTOR Mensch ärgere dich nicht?
DELPHI Check.

Sie hakt die Reiseliste ab.

VICTOR Stadt, Land, Fluss?
DELPHI Check.
VICTOR *Er küsst sie hinters Ohr.* Dame?
DELPHI *kichert* Check und Check.
VICTOR Reisepapiere, Impfpass?
DELPHI Beides da.
VICTOR Sonnencreme?
DELPHI Warte, im Ernst?

Victor *lacht nachsichtig* Ihr Flachlandtiroler habt keine Ahnung von der Höhensonne. Warst du noch nie Ski fahren?

Delphi Nein.

Victor Dann wird's Zeit. Ich bringe es dir nächstes Jahr bei.

Delphi *lächelt* Unbedingt. Entschuldige, ich dachte wirklich du scherzt.

Victor Kein Problem, ich kauf mir welche bei uns. Ist nur ein bisschen teurer.

Helena betritt den Raum, oder vielmehr: ein Paket betritt den Raum, welches von ihr über den Parkettboden geschoben wird.

Delphi Mutter! Lass dir doch helfen.

Helena *keuchend* Geht schon.

Victor springt auf, um das Paket aufzunehmen. Es gelingt ihm, doch nur mit Müh und Not.

Victor Jesus, was ist da drin? Das wiegt ja so viel wie ein Sack Zement.

Helena Katzenstreu.

Victor *langsam* Katzenstreu.

Helena Mit Babypuderduft.

Victor Mit Babypuderduft.

Sein Gesicht läuft vor Anstrengung rot an.

HELENA Ja. Sei doch so gut und stell es hinten vor den Putzschrank. Einräumen werde ich es dann selbst.

Sie verschwindet kurz in der Küche. Victor tut, wie ihm geheißen. Er läuft zum Putzschrank und setzt das Paket mit einem dumpfen Klatschen ab.

DELPHI Mutter meint, dass die Katze weniger müffelt, wenn wir dieses Streu benutzen.
VICTOR Macht Sinn. Wie heißt das Viech eigentlich?
DELPHI Keine Ahnung. Eigentlich gehört sie Hedon. Er hatte sich damals eine zu Weihnachten gewünscht. Aber dann lag da noch ein Computer unter dem Tannenbaum.
VICTOR Also – Katze?
DELPHI Genau.

Helena kehrt aus der Küche zurück.

HELENA Außerdem muss ich beim Onlineeinkauf nicht die schweren Säcke schleppen. Till kann mir ja vor lauter Arbeit leider nicht beim Einkaufen helfen.
VICTOR *setzt sich wieder, deutet auf das Paket* Ist da ein Sack Streu drin?
HELENA *setzt sich an ihren Platz* Nein, drei.
VICTOR Aber warum um Himmels Willen gleich drei?

HELENA *verwundert* Weil ich ab zwanzig Euro Porto spare natürlich.

VICTOR Ja, aber was ist denn mit dem armen Paketboten?

DELPHI Der arme, arme Paketbote.

HELENA Der war Deutscher. *Sie überlegt* Aber ich bin mir ziemlich sicher, dass der ein Junkie war. Der Mann war fürchterlich ausgezehrt.

Die Haustür öffnet sich.

TILL Bin zu Hause.

DELPHI *leise* Noch.

Er betritt das Wohnzimmer. Einen Aktenkoffer in der Hand.

TILL Ah, die ganze Familie versammelt. Ich habe tolle Neuigkeiten –

HELENA Oh Liebling, die können wir wirklich gut gebrauchen.

TILL – wobei ich ziemlich sicher bin, dass Delphi mir wieder einen Vortrag halten wird.

DELPHI *trocken* Die Vorlage wirst du sicher gleich liefern.

TILL Also, ich habe heute mein neues Containerkonzept dem Oberbürgermeister von Stuttgart vorgestellt. Kurzum: er war begeistert!

HELENA *legt die Hand vor den Mund* Du hast den Auftrag?

TILL *lacht* Und ob ich den habe! Und nicht nur den. Der Oberbürgermeister hat versprochen, mein Konzept beim Ministerpräsidenten für alle zukünftigen Unterbringungsmodelle in Baden-Württemberg vorzuschlagen!

Helena springt auf und fällt ihm um den Hals.

HELENA Schatz, ich bin so stolz auf dich!

DELPHI Und hier kommt das Bundesverdienstkreuz am Bande.

HELENA *verächtlich* Hör nicht auf sie, Till. Ich hole sofort den Champagner aus dem Kühlschrank. Irgendwie hatte ich so eine Ahnung gehabt, dass wir den heute brauchen werden.

Sie verschwindet erneut in der Küche.

DELPHI *bissig* Der Kühlschrank ist nicht die Hausapotheke, Mutter.

Till starrt Delphi streng an.

TILL Freust du dich denn nicht für mich?

DELPHI Ich habe nur noch Bedauern übrig.

TILL Freust du dich nicht einmal für all die Menschen, die nun eine Unterkunft bekommen?

DELPHI Ich wünschte, ich könnte.

TILL Wann bist du eigentlich so eine furchtbare Querulantin geworden?

DELPHI Ich fürchte, die bin ich schon immer gewesen. Die Umstände fordern mich nur mehr heraus als üblich. Das ist alles.

TILL Das ist alles –

Helena kehrt mit Gläsern und Gesöff aus der Küche zurück.

HELENA Die Herren Maurice et Chanson geben sich die Ehre.

TILL Ah, die Hausmarke. Darf ich?

HELENA Dir gebührt die Ehre, Schatz. Das ist dein Tag.

Er entkorkt die Flasche mit lautem Knall, der Champagner läuft über und er schenkt eilig ein.

TILL Magst du trotzdem etwas davon haben, Delphi?

DELPHI Nein, danke.

TILL Dachte ich mir. *Er blickt zu Hedon.* Den brauch ich gar nicht erst fragen. Victor?

VICTOR Vielen Dank, Herr Bonkerbauer, aber ich muss heute noch fahren.

TILL Ach ja, richtig.

Er schenkt sich und seiner Frau ein.

HELENA *besorgt I*ch verstehe trotzdem nicht, warum ihr ausgerechnet nachts fahren wollt.

DELPHI Wann warst du das letzte Mal auf einer Autobahn?

VICTOR Wir wollen den Stau vermeiden. Da fahr ich lieber etwas langsamer und dafür flüssig.

HELENA Hauptsache, ihr seid vorsichtig. *Sie nimmt ihr Glas entgegen.* Danke.

TILL Nun denn. *Er hebt das seine.* Auf uns – und die Flüchtlinge – könnte es etwas Besseres geben, als mit guten Taten Geld zu verdienen?

Beide trinken. Delphi hat ein kleines, schmales Lächeln auf den Lippen.

TILL Schau du ruhig süffisant. Wenn es dir nicht passt, geh in die Politik. Dann sieh, wie weit dich deine Stammtischparolen bringen.

DELPHI Nichts könnte mir fernerliegen als dieser Sumpf.

HELENA Hast du dich eigentlich entschieden, ob du noch promovieren möchtest?

DELPHI *zuckt mit den Schultern* Denke ja.

HELENA Und wo?

DELPHI Keine Ahnung. Vielleicht in Bern.

TILL *trinkt* Bern? Alles was recht ist, Kind, aber die Schweiz ist nun wirklich definitiv zu teuer zum Studieren.

VICTOR Meiner Familie gehört ein Mietshaus in Bern. Das würde die Kosten immens mindern.

TILL Die Lebenshaltungskosten sind trotzdem zu hoch. Basta.

VICTOR *verärgert* Ich würde sie zudem auch ein wenig unterstützen können.

TILL Ach ja. Du arbeitest ja in der Zahnbürstenfabrik deiner Mutter, oder wie war das?

VICTOR *kalt* Eine Manufaktur für Dentalhygiene.

TILL Also Zahnbürsten.

VICTOR Ich garantiere Ihnen, dass dort nichts derart Simples hergestellt wird. Und schon gar nichts mit Bürsten.

TILL Schon mal daran gedacht, ein bisschen was davon an die Flüchtlinge zu spenden?

VICTOR Unsere Geräte werden alle auf Auftrag hergestellt. Da gibt es keine Restposten.

Till kippt den restlichen Champagner in einem Zug hinunter.

TILL Nun, bei uns hier in Schland sind auch etliche Weltmarktführer ansässig und trotzdem sehen wir uns in der Lage zu helfen.

VICTOR Das ist wirklich außerordentlich nobel.

TILL Das ist es in der Tat. Überhaupt halte ich es für reichlich feige und verlogen, sich in einer Schatzkammer von Alpenfestung zu verkriechen und

die Bedürftigen dieser Welt einfach auszu-
sperren.

VICTOR *wütend* Wir beherbergen in Relation weiß
Gott mehr Migranten als ihr in eurem Hasenstall.
Der Grund, warum unser Laden dennoch besser
läuft, ist der, dass unsere Politiker keine Angst
davor haben, ihr Volk direkt zu fragen, was es
wünscht.

*Helena drängt sich zwischen die beiden, den
Champagner in der Hand.*

HELENA *eifrig* Ach Schatz, sag doch, dass dein Glas
leer ist. Ich schenke dir nach. Die Flasche muss
doch leer werden.

DELPHI Welchen Sportwagen holst du dir nun
eigentlich, Vater?

TILL *legt seinen Arm um Helenas Taille* Wisst ihr,
nun mit dem neuen Auftrag dachte ich, dass der
Sportwagen noch eine Weile warten kann.
Helena, erinnerst du dich an die bezaubernde
Finka auf Mallorca?

HELENA Die, in der wir unsere Silberne gefeiert
haben?

TILL Genau die.

HELENA *greift sich ans Herz* Oh, Till!

TILL Wenn ich es nächste Woche einrichten kann,
fliegen wir übers Wochenende rüber und ich
unterzeichne den Kaufvertrag.

DELPHI Warum eigentlich wollen alle nach Mallorca? Ich hab' gehört, Lampedusa sei unglaublich schön um diese Jahreszeit.

Till macht einen Satz auf sie zu und wirft dabei die Champagnerflasche vom Tisch. Helena schreit. Victor springt auf und stellt sich neben Delphi. Hedon dreht die Lautstärke auf Maximum.

TILL *brüllt* Es reicht! Was ist eigentlich dein gottverdammtes Problem, Fräulein?

Er baut sich drohend vor Delphi auf.

HELENA Schatz, bitte nicht. Der Victor ist doch da.
TILL Scheiß drauf! Wisch das hier mal auf, ich wasch derweil unserer Tochter den Kopf.
VICTOR Das halte ich für eine außerordentlich schlechte Idee.

Helena steigen Tränen in die Augen. Sie eilt in die Küche, um einen Lappen zu holen. Delphi betrachtet ihren Vater ungerührt.

TILL Hast du Angst, zu wenig vom Kuchen abzubekommen? Ist es das? Willst du mehr Taschengeld?
DELPHI Ich kann für mich selbst sorgen.
TILL *höhnisch* Das will ich mal sehen.

DELPHI Du wirst es erleben.

VICTOR Beide. Schluss jetzt.

TILL Unsere Gesellschaft schrumpft, Delphi. Wie anders als durch Einwanderung sollen wir diesem Problem begegnen?

DELPHI Dies ist keine Einwanderung. Es sind ganze Völkerwanderungen. Außerdem ist die Sache mit dem Schrumpfen bei einer unvoreingenommenen Betrachtungsweise nie ein Problem gewesen.

TILL Wir überaltern. Das ist die Wahrheit und die einzige, die zählt. Wir brauchen diese Menschen.

DELPHI Ach ja, richtig. Für euren Lebensabend im Seniorenheim Goldener Herbst. Wie nennt man das Heer unterbezahlter Krankenpfleger heute noch gleich? Fachkraft für Wickeln und Wenden? Wissen deine neuen Freunde um das ihnen zugedachte Privileg?

TILL Was sollen wir sonst tun? Uns abschotten wie die Japaner und Pflegeroboter bauen?

DELPHI Hai. Gar kein so schlechter Gedanke, finde ich. Die Maschinen stört es zumindest nicht, in mehr als einer Hinsicht beschissen zu werden. Nur sind wir leider Gottes keine Insel. Das mit der selbstgewählten Isolation könnte demnach schwierig werden.

Helena ist zurück und beginnt mit gesenktem Kopf, die Scherben aufzusammeln. Victor hilft ihr dabei.

Er lässt Delphi und ihren Vater dabei nicht aus den Augen.

TILL Wenn unsere Gesellschaft schrumpft, dann gibt es Leerstände. Die Infrastruktur zerfällt in den schwachen Regionen. Die Versorgung bricht zusammen. Die Steuereinnahmen sinken –

DELPHI – und es wird Feuer und Blut vom Himmel regnen. Welch ein Schwachsinn! Wir leben in einer Welt endlicher Ressourcen. In einem der am dichtesten besiedelten Länder der Erde. Was ist so schlimm daran, wenn unsere Anzahl schwindet? Geringer werden wir dadurch nicht. Nur die Masse der Verbraucher.

TILL Und die Flüchtlinge lassen wir einfach verrecken?

Schweigen.

DELPHI Du musst mich für einen wirklich üblen Menschen halten, Vater.

TILL Wie sonst soll ich dich verstehen?

DELPHI Wir gewähren ihnen Schutz auf Zeit. So wie es immer vorgesehen war. Wir helfen denen unter ihnen, die unsere Hilfe tatsächlich verdienen, in ihrer schlimmsten Stunde. Nicht weil es gut ist oder christlich, sondern schlicht, weil es richtig und notwendig ist. Wir versorgen sie mit dem Nötigsten. Und dann helfen wir ihnen, ihre

106

Heimat zurückzuerlangen und rechtsstaatliche Strukturen zu schaffen. Ohne dabei lange zu debattieren.

TILL Aber die Heimat dieser Menschen ist ein Höllenloch, Kind.

DELPHI Das wird unsere auch bald sein, wenn wir sie auf Dauer bleiben lassen.

TILL *wirft die Hände in die Luft* Wenn wir uns zusammenreißen, geht das irgendwie schon. In den Vereinigten Staaten klappt das ja auch.

DELPHI Du liest nicht sehr viele Zeitungsartikel, wenn sie nicht gerade von dir selbst handeln, oder?

TILL *brüllt* Ich brauche mir das von dir nicht bieten zu lassen! Ich bin –

Victor schnappt sich eines der Champagnergläser und wirft es auf den Boden. Helena kreischt. Vater und Tochter verstummen.

VICTOR Genug! Genug davon. Delphi, du schonst dich jetzt oder wir fahren sofort.

TILL *stutzt* Warum sollte gerade die sich schonen?

Schweigen. Die Frage steht im Raum.

TILL Du bist doch nicht etwa –? *Seine Stimme versagt.*

DELPHI *ruhig* Leider. So ist es. Es geschah nicht aus
  Absicht.

*Till starrt seine Tochter mit offenem Mund an.
Helena lässt die Kehrschaufel fallen und fällt
stattdessen Delphi um den Hals.*

HELENA Ein Enkel! Endlich! Das ist ja wundervoll!
DELPHI Grauenvoll trifft es eher.

Helena wirkt entsetzt.

HELENA Du willst es doch nicht etwa –
DELPHI Abtreiben? Gott bewahre. Ich liebe es jetzt
  schon mehr als mein Leben. Nein, ich bekomme
  es. Nur nicht hier.
TILL Nicht hier? Was soll das heißen?
DELPHI Ich wandere aus. Zu Victor. In die Schweiz.
HELENA *taumelt* Heute?
DELPHI Heute.
HELENA Das kann nicht dein Ernst sein! *Sie setzt sich
  zitternd.* Ich will doch mein Enkelkind auf-
  wachsen sehen!
DELPHI Ihr habt eure Wahlen getroffen. Jedes Mal
  aufs Neue an den Urnen das Kreuz an derselben,
  alten Stelle gemacht. Jetzt zahlen wir alle den
  Preis.

Es klingelt an der Tür. Victor geht zum Flur hin ab und dort über die Treppe nach oben.

TILL Hast du noch was bestellt, Helena?
HELENA Ja. Aber eine Lieferung um diese Uhrzeit? Es ist doch schon dunkel.

Sie schaut zur Terrassentür, eilt dann zum Fenster.

TILL Was ist, was siehst du?
HELENA *mit einem Anflug von Panik* Schatz, da sind Paketboten – ich meine, da sind Leute in unserem Garten. Und sie bauen Flutlichtschweinwerfer auf!
TILL *brüllt* Was?
HELENA *flehend* Till, geh an die Tür und frage, was das zu bedeuten hat.
DELPHI Ich schätze, das werden meine Fluchthelfer sein.

Es läutet erneut an der Tür.

TILL Deine was? *Er ist nun außer sich vor Zorn.*
DELPHI Es ist die Landesaufnahmestelle, Vater. Sie richten hier eine Flüchtlingsunterkunft ein. Rein provisorisch natürlich. Nur vorübergehend.
HELENA In unserem schönen Garten?

DELPHI Und im Haus, natürlich. Genauer im Fitness-raum, Vaters Arbeitszimmer, dem Billardzim-mer, meinem alten Kinderzimmer sowie im An-kleidezimmer. Und im Gästezimmer, selbstver-ständlich. Hier werden viele Familien Platz finden.

TILL *brüllt* In meinem Arbeitszimmer?

DELPHI Du kannst im Esszimmer arbeiten.

HELENA *entsetzt* In meinem Ankleidezimmer?

DELPHI Du kannst dich im Badezimmer umkleiden. Na ja, wenn es gerade frei ist, versteht sich. Und geputzt.

An der Tür klingelt es wieder. Dieses Mal länger und fordernder.

HELENA Aber was ist mit den Leuten, die im Garten schlafen?

TILL Richtig. Ich habe keine fertiggestellten Contai-ner im Moment. Das geht so nicht. Die müssen gehen.

DELPHI Ich hab' den Leuten von der Flüchtlingshilfe Herrn Breisler im Allgäu empfohlen.

HELENA Den Zelthersteller?

TILL *heiser* Meinen Konkurrenten? Zelte taugen nichts! Der Winter kommt!

DELPHI Na ja, spätestens wenn es frostig draußen wird, werdet ihr ein wenig enger zusammen-rücken müssen. Aber das ist ja kein Problem. Es ist ein großes Haus und ihr alle seid Menschen. Nur würde ich den Brennholzvorrat neben dem Kamin immer schnell nachfüllen. Ihr wisst schon, wegen der Wandvertäfelung.

Die Türklingel läutet Sturm. Immer mehr Flüchtlinge strömen in den Garten und bauen Scheinwerfer und Zelte auf.

TILL Du verdammtes Miststück. Du hast das eingefädelt!

DELPHI Auch den Helfern muss geholfen werden.

TILL Warte nur, wenn ich zurück bin! *Er rennt zur Haustür.*

HELENA *weinend* Delphi, wie konntest du uns das nur antun?

DELPHI *traurig* Ihr habt euch das selbst angetan. Uns allen. Es tut mir leid, Mutter. Ich empfehle euch die Finka, wenn es allzu hässlich werden sollte.

Victor betritt das Esszimmer, voll beladen mit Koffern und Taschen. Außerdem trägt er einen Transportkorb.

VICTOR Delphi, es ist Zeit.

Er drängt sich durch die Haustür am tobenden Till und einigen dazu geeilten, aufgebrachten Nachbarn vorbei. Ab

HELENA Bitte bleibt! Lasst uns vernünftig darüber reden.

Delphi reagiert nicht. Sie geht zu Hedon, nimmt seinen zottigen Kopf in die Hände und küsst ihn auf den Scheitel.

DELPHI Pass mir auf die zwei Idioten auf, ja? Die würden noch körbeweise Steine zu ihrer eigenen Hinrichtung tragen. Deine Katze nehmen wir übrigens mit. Vorsichtshalber. Ich hoffe, das ist in Ordnung.

Hedon starrt verkniffen auf den Bildschirm der Konsole. Seine Augen reflektieren lediglich das Gefechtsfeuer. Delphi wendet sich ab, geht zur Kommode und hebt ein Bild in die Höhe. Ein Familienfoto aus besseren Zeiten, auf dem die ganze Familie lächelt. Selbst Hedon, den Gameboy auf dem Schoß. Sie wendet sich zu ihrer Mutter.

DELPHI Darf ich das hier mitnehmen?

Helena nickt, wischt sich über die geröteten Augen. Mit einem Mal wirkt sie gefasst.

HELENA Alles was du willst, mein Schatz.

DELPHI Danke Mutter. Pass auf dich auf. Besuch uns doch mal in der Schweiz. Für dich haben wir immer Platz.

Delphi verlässt das Haus unbemerkt von ihrem Vater durch die Terrassentür. Ein Koffer in der einen, das Foto in der anderen Hand. Helena bricht zusammen und sinkt zu Boden. Die ersten Flüchtlinge betreten über die Terrasse das Esszimmer. Sie nehmen flüchtig Notiz von den Anwesenden, rennen dann aber zum Fernseher und posieren davor, um Selfies zu knipsen. Zwei weitere Männer kommen ins Haus. Der erste steigt über Helena hinweg. Der zweite hält inne, sieht sich um und eilt in die Küche. Kurz darauf kommt er zurück und reicht ihr ein Glas Wasser. Hedon presst sich mit schmerzverkniffener Miene die Fäuste auf den Bauch. Es scheint, als bekäme er Bauchschmerzen.

*Nacht über Berlin. Im Erdgeschoss des Bundes-
kanzleramtes wirkt die persönliche Maskenbildnerin
der Kanzlerin gerade ihre letzte Magie mit
Grundierung, Puder und Spachtelmasse. Auf die
verhärmten Gräben im Gesicht der Machtfrau
werden einmal mehr die weichen Linien einer alten
Dame gezaubert. Die freundlichen, aber tadelnden
Züge einer besorgten Mutter. Auch das Kostüm hat
sie bereits angelegt. Ein kirschroter Zweiteiler, am
Revers die Europaflagge. Schließlich sind die
Tiegel, Quasten, Döschen leer. Die Bundeskanzlerin
fertig. Die Maskenbildnerin räumt ihr Handwerks-
zeug zusammen und empfiehlt sich. Allein im Raum,
unbeweglich und ernst, starrt die Kanzlerin in den
Spiegel. Dann beginnt sie zu lächeln. Es ist das
Lächeln einer Frau, der man einfach glauben will.
Die man einfach mögen, lieben, wählen muss.*

*Sie erhebt sich, nun mit einem Mal sehr ernst.
Der Auftritt kann beginnen. Die Bundeskanzlerin
tritt hinter der beruhigend himmelblauen Pressewand hervor und stellt sich an das Rednerpult. Zu
den Seiten Europa- und Friedensflaggen. Vor ihr
verstummt das Bienensummen der Presse.*

MAKEL Liebe Mitbürgerinnen und Mitbürger. Es ist
   jetzt vier Jahre her, seitdem die Gräueltaten des

Islamischen Staates im Nahen Osten ihren Anfang nahmen. Die Folgen dieser unsäglichen Expansion sind für uns allgegenwärtig spürbar geworden. Bis zum heutigen Tage erreichen uns die Verfolgten und Vertriebenen, die oft nicht mehr als ihr bloßes Leben haben retten können. Wir wollen es nicht leugnen: Es gab zu Beginn dieser Krise Stimmen, die behaupteten, dass diese stete Zuwanderung das Europa, wie wir es kennen, in den Abgrund reißen würde. Dass unsere Werte zu gegensätzlich seien. Dass wir dies nicht bewältigen könnten. Es gab Stimmen, die da mahnten, unsere ursprüngliche Kultur würde dadurch unwiederbringlich zerstört werden. Doch frage ich Sie: Unterliegt nicht alles einem Wandel? Heute leben mehr als zweieinhalb Millionen Flüchtlinge in Schland, in dieser unserer gemeinsamen Heimat.

Im Publikum klingelt ein Mobiltelefon. Man wendet sich ob des Fauxpas empört zu der Quelle des Geräuschs. Es ist der Innenminister.

MAKEL Mittlerweile hat jeder dritte Bürger unter achtzehn Jahren einen Migrationshintergrund. Die Stimmen der Intoleranten hingegen – dieser Ewiggestrigen, dieser Deutschen –, sie verstummen allmählich. Ich persönlich bin sehr erfreut darüber. Denn wir alle sind Menschen und als solche allein dem Wohl der Menschheit als Ganzes verpflichtet.

Sie wirft einen flüchtigen Blick zu de Nerziere. Der Minister hat sich entfernt und unterhält sich aufgebracht mit dem Anrufer.

MAKEL Womöglich werden wir in zwanzig, vielleicht auch schon in zehn Jahren den ersten Muslim in das Amt des Bundeskanzlers erheben. Ich würde dies für eine beispiellose Erfolgsgeschichte halten. Doch noch immer gibt es Bürger, denen der bloße Gedanke an diese Entwicklung Angst macht. Diesen Menschen kann ich nur raten: Bleiben Sie besonnen.

De Nerziere spricht jetzt sehr schnell in sein Smartphone. Seine Augen sind geweitet. Er blickt hilfesuchend zur Kanzlerin.

MAKEL Bringen Sie es nicht gleich zur Anzeige, wenn ein Mensch mit Migrationshintergrund über die Stränge schlägt, sondern seien Sie ihm eine Hilfe in der Not. Denn nur durch Besonnenheit erreichen wir, dass der uns so kostbare Frieden auch das Ausland erreichen mag – und so Gott will – eines Tages auch die Anhänger des radikalen Islam überzeugt. Lassen Sie uns gemeinsam der Welt ein leuchtendes Beispiel sein. Liebe Mitbürgerinnen und Mitbürger, ich denke ich spreche auch in Ihrem Namen, wenn ich weiterhin aus voller Überzeugung sagen werde: Refugees Welcome – Flüchtlinge Willkommen!

Nach einem kurzen, höflichen Moment des Schweigens brandet begeisterter Beifall aus dem versammelten Pressepublikum. Die Kanzlerin lächelt. Blitzlichter leuchten. Auf ein Zeichen Jungmüllers hin drängen sich die anwesenden Minister und Abgeordneten hinter der Kanzlerin ins Bild. De Nerziere eilt direkt auf sie zu.

DE NERZIERE *flüstert* Es ist dringend.
MAKEL *lächelnd* Egal. Jetzt nicht.

Der Innenminister will noch etwas erwidern, doch die Kanzlerin schüttelt bereits eifrig die Hände anderer Kabinettsmitglieder. Kurz darauf bezieht man Aufstellung für das Gruppenfoto. Die Bedeutung des Amtes wird durch die Nähe zu ihr verdeutlicht. Ein blasser Schmerbauch reiht sich an den nächsten, fett von den Diäten. Man hebt die Kinne und repräsentiert stolz die noch rudimentär vorhandenen Halsansätze. Als sich das Gedränge endlich beruhigt hat und die Rangfolge stimmt, wird die Kanzlerin unruhig. Sie läuft aus der Mitte ihrer Minister noch einmal an das Podium.

117

MAKEL Ich würde noch gerne etwas hinzufügen, was mir persönlich sehr am Herzen liegt.

Erneutes Blitzlichtgewitter von unten. Oben verwunderte Blicke, leicht hüpfende Bäuche und nervöse Zehen. De Nerziere blickt panisch zur Kanzlerin, das Smartphone noch immer am Ohr.

MAKEL Es hat in der letzten Zeit vermehrte Kritik an der Haushaltspolitik unserer großen Koalition gegeben. Auch aus unseren eigenen Reihen, wie ich an dieser Stelle nicht verschweigen möchte. Daher ist es mir ein Bedürfnis, unserem sehr geschätzten Finanzminister Argus Schäufele mein uneingeschränktes Vertrauen auszusprechen. Ich bin sicher, dass wir, gerade was die Finanzierungsfrage angesichts der Flüchtlingssituation angeht, schon sehr bald eine Lösung finden werden, die uns allen gerecht wird. Vielen Dank.

Ein Atemzug der Stille. Die Kanzlerin wendet sich ab und stellt sich neben den Finanzminister. Ihre Hände rasten zur Raute ein, ihr Gesicht ziert ein triumphales Grinsen. Dann erklingt inmitten des Vakuums das autoritäre Geräusch eines maßgefertigten Herrenschuhs, der auf hartem Untergrund einen Schritt zurückmacht. Weitere Füße folgen der Bewegung, doch geht ihr Hallen im aufbrandenden

*Geschrei und Blitzlichtgewitter unter. Der Finanz-
minister scheint etwas sagen zu wollen, doch beben
seine Lippen bloß. Die blinden Augen suchen sinnlos
nach Beistand. Die Bäuche, die sich noch eben an
ihm rieben, stehen nun je einen Schritt entfernt im
Hintergrund und zu den Seiten. Eine Hand legt sich
noch flüchtig tröstend auf seine Schulter, doch sie
verschwindet gleich wieder. Nur noch die Kanzlerin
steht neben ihm, nach wie vor grinsend. Ein kurzer
Blickwechsel unter den Ministern. Man beschließt
den ungeordneten Rückzug. Als der Staub sich legt,
verabschiedet sich auch die Kanzlerin winkend. Die
Presse schaltet ihre Mobiltelefone wieder ein, baut
die Ausrüstung ab. De Nerziere eilt von der Seite auf
die Kanzlerin zu. Er wirkt völlig außer sich.*

MAKEL Himmel, Mohammed. Was ist so wichtig?

*Er hebt den Zeigefinger, erbittet Geduld. Die Kanz-
lerin runzelt missbilligend die Stirn.*

DE NERZIERE Verstanden. Ich rede sofort mit ihr.
   Wiederhören. *legt auf*
MAKEL Würden Sie mir bitte erklären, was diese
Unruhe –

*Aus dem Pressepublikum bimmelt ein Smartphone.
Dann noch eines. Dann alle. Fragende Blicke, Stim-
mengewirr.*

DE NERZIERE Frau Kanzlerin, ich fürchte, wir haben
hier eine Situation.

MAKEL Was für eine Situation und wo –

*Das Smartphone, der Pager und das private Mobil-
telefon des Innenministers klingeln simultan. Er
drückt alle weg, blockiert weitere Anrufe. De
Nerziere packt die Kanzlerin an der Schulter und
zieht sie von der Pressewand weg zur Fensterfront.
Im Grunde ein unnötiger Akt, denn die Reporter
türmen ihrerseits gerade zu grüneren Gefilden, ohne
sich auch nur noch um Kameras und Mikrofone zu
scheren. Die Beleuchtung wird gedimmt.*

MAKEL Erklären Sie sich sofort.

DE NERZIERE Ich bekomme Anrufe der Polizeipräsidenten sämtlicher Bundesländer. Es scheint,
als gäbe es einen Aufstand.

MAKEL Aufstand? Was in aller Welt meinen Sie mit
Aufstand?

DE NERZIERE Die Leute ziehen auf die Straßen. Es
gibt Fackelaufmärsche in der ganzen Republik.
Aufständische plündern Waffengeschäfte. Meh-
rere Bundeswehrkasernen haben simultan den
Kontakt zur Obersten Heeresführung abgebro-
chen.

Die Bundeskanzlerin lässt die Hände sinken und ballt die Fäuste. Die Mundwinkel kapitulieren der Schwerkraft.

DE NERZIERE Die Polizei tut was sie kann, um die Bewaffnung zu unterbinden, aber auf mehreren Polizeiwachen hat es Schusswechsel zwischen den Beamten gegeben.

MAKEL Was soll das bedeuten?

DE NERZIERE Teile der Sicherheitskräfte haben sich den Aufständischen bereits angeschlossen und verteilen Ausrüstung. Wir fürchten, auch Teile des Militärs.

MAKEL Konnten Sie die Rädelsführer bereits identifizieren?

DE NERZIERE Der Verfassungsschutz arbeitet auf Hochtouren, aber wir haben noch immer keinen Anhaltspunkt. Wir wissen nur, dass die Aufständischen fast ausschließlich Deutsche sind.

MAKEL Setzen Sie umgehend die Verteidigungsministern in Kenntnis.

DE NERZIERE Schon geschehen. Sie bat uns, ihre Familienfreizeit zu respektieren. Stattdessen schickt sie uns ihr Kindermädchen als Vertretung.

MAKEL *entrüstet, ungläubig* Was macht sie?

DE NERZIERE Das ist noch nicht alles. Überall kommt es zu Ausschreitungen gegenüber Minderheiten. In Hessen, Bayern und Sachsen werden Freikorps zusammengezogen. Allerorts brennen Flüchtlingsunterkünfte und Moscheen. Die Feuerwehr kommt nicht mehr hinterher.

MAKEL Was ist mit der Freiwilligen Feuerwehr?

DE NERZIERE Hat sich nur teilweise mobilisiert. Der überwiegende Teil verweigert den Dienst.

MAKEL *aufgebracht* Mit welcher Begründung?

DE NERZIERE Sie sind Freiwillige, Frau Bundeskanzlerin.

MAKEL Das ist eine Unverfrorenheit! Das ist Putsch!

DE NERZIERE In Dresden ist die Lage besonders schlimm. Man hat die Unabhängigkeit ausgerufen. Die Stadt ist regelrecht im Belagerungszustand.

MAKEL Gehen Sie gegen die Belagerer mit aller notwendigen Härte vor!

DE NERZIERE Frau Kanzlerin, ich fürchte, die Belagerer sind wir.

MAKEL Ich fordere umgehend einen Aufstand der Anständigen! Unsere Gegendemonstranten waren doch bisher immer in der Mehrheit!

DE NERZIERE Wir fürchten, das Blatt hat sich gewendet. Zwar sind wir immer noch viele, aber –

MAKEL Aber?

Der Innenminister zückt das Smartphone und hält es ihr vor.

DE NERZIERE Sehen Sie selbst. Das wurde soeben im Netz hochgeladen.

Die Bundeskanzlerin starrt versteinert auf den flimmernden Bildschirm. Eine kreischende Menschenmenge sucht ihr Heil in kopfloser Flucht nach vorn. Junge und Alte, Frauen und Männer, Eltern mit Kindern. Der Regenbogenfahnen, Koranverse und Protestschilder hatten sie sich zwischenzeitlich entledigen müssen. Ihre Gesichter spiegeln Wut und Unglaube über den Verlauf eines Kampfes wider, den sie gewonnen geglaubt hatten. Das Schlusslicht des Zugs bildet der autonome Mob, mit Steinen auf die Verfolger werfend. Schwer gerüstete Polizeikräfte schirmen sie notdürftig von ihren Häschern ab, die nun sichtbar werden. Der Innenminister stoppt das Video.

DE NERZIERE Hiervor fliehen die Gegendemonstranten.
MAKEL Großer Gott. Ist das Blut?
DE NERZIERE Schweineblut, wie wir fürchten.

Er lässt das Video weiterlaufen. Eine halbnackte Horde blutverschmierter Aufständischer marschiert lachend, quiekend, schreiend ihren Feinden hinterher. Die Mehrheit ist mit Runen bemalt, einige glänzen zur Gänze in Rot. Die Fahnen des dritten Reiches flattern im Wind. Ein bulliger Glatzkopf

schwenkt einen Spieß. Darauf ein Schweinekopf mit
Salafistenbart.

DE NERZIERE Wir wissen inzwischen, dass alle
   Schlachthäuser des Großfleischers Torres heute
   stillstanden. Stattdessen wurde das Vieh an verschiedene Orte in der ganzen Republik geliefert.
   Wir haben ihn schon länger als Sympathisanten
   verdächtigt. Hier. Das haben unsere Drohnen vor
   wenigen Stunden aufgenommen.

Der Bildschirm zeigt nun schnell wechselnde Auf-
nahmen riesiger Steinkreise und gewaltiger Feuer-
gruben.

MAKEL Sind das Thingstätten?
DE NERZIERE So ist es. Offensichtlich haben sie sich
   nach der Schlachtung noch Zeit genommen, um
   zu grillen und zu trinken.
MAKEL Aber wir müssen uns doch dagegen zur
   Wehr setzen! Die guten Menschen dieser Republik sind doch auf unserer Seite. Ich verstehe
   nicht –

Der Pulk der Blutverschmierten reißt ab und mit ihm
das infernalische Gebrüll. Es folgt eine andächtig
schweigende Prozession im Fackelschein. Junge
und Alte, Frauen und Männer, Eltern mit Kindern.
Über ihren Köpfen weht es schwarz, rot und golden.

Nur aus wenigen Gesichtern scheint grimmiger Triumph. Die meisten wirken, als würden sie trauern. Die gesammelte verhöhnte, verlachte und verhasste Mischpoke der Republik treibt die Fremden und ihre Unterstützer aus der Stadt. Ungerechter und gerechter Zorn bahnen sich gleichermaßen ihren Weg. Der Unterschied bedeutet nun nichts mehr.

DE NERZIERE Frau Bundeskanzlerin. Diesem Aufstand ist durch Protest allein nicht mehr beizukommen. Für Muslime ist er ohnehin unberührbar. Sie zu bekämpfen würde bedeuten, selbst unrein zu werden. Wir sind wehrlos.

Außerhalb der Wohnviertel, in einem Gewerbegebiet. Polizei und Aufständische überwachen die Besetzung beschlagnahmter Busse, Laster und Viehtransporte mit Gefangenen. Das Video stoppt.

MAKEL *fassungslos* Was machen sie mit den Menschen?
DE NERZIERE Der neue, provisorische Dresdner Stadtrat hat die Abschiebung zur Volkssache erklärt.
MAKEL *düster* Ich verstehe. Mohammed, gehe ich richtig der Annahme, dass dies eine ›Ausnahmesituation katastrophischen Ausmaßes‹ ist?
DE NERZIERE Dem stimme ich zu.

MAKEL Ich will umgehend eine genaue Auflistung aller uns verbliebenen loyalen Bundeswehrstandorte.

DE NERZIERE Sofort.

MAKEL Des Weiteren will ich, dass der Notstand ausgerufen wird. Wir werden nicht daran vorbeikommen, das Militär gegen das Pack einzusetzen.

DE NERZIERE Ich bereite die Anordnung vor.

MAKEL Berufen Sie den US-Botschafter für mich ein. Ich muss wissen, wie schnell wir Ramstein mobilisieren können.

DE NERZIERE Sehr wohl.

MAKEL Und bewaffnen Sie die Antifa.

DE NERZIERE Verzeihung?

MAKEL Sagen Sie dem Militär, dass die Antifa bewaffnet wird. Wenn wir sie subventionieren, können wir sie auch einsetzen.

DE NERZIERE Frau Kanzlerin, bei allem gebührendem Respekt! Diese Leute sind Anarchisten, Sie können unmöglich –

MAKEL Ich verlange nichts aber auch rein gar nichts Unmögliches. Von niemandem. Regeln Sie diese Angelegenheiten, Mohammed.

DE NERZIERE *senkt den Kopf* Jawohl. *Ab*

Die erste Dame der Republik blickt schweigend durch die Fenster hinaus. Es beginnt zu stürmen. Sie schreitet zurück zu der nun nur noch spärlich beleuchteten Bühne. Ihre Hände krampfen zur Raute zusammen. Abgesehen von dem zur Salzsäule erstarrten Finanzminister ist sie allein. Vor dem Podium bleibt sie stehen und setzt zur Rede an.

MAKEL Liebe Mitbürgerinnen und Mitbürger. Wer bildet Ihr euch ein zu sein? Diesen unsäglichen Angriff auf unsere Demokratie und unseren Rechtsstaat werde ich in keiner Weise dulden. Euer Widerstand ist zwecklos. Ohnehin kommt er zu spät. Dieses Land gehört Euch nicht länger. Meine Vision für eine bessere Welt ist alternativlos. An meinem Vermächtnis wird sie genesen. Ich bin die eiserne Kanzlerin. Mein Gewand ist Teflon. Keine Kritik bleibt an mir haften. Ich bin der Wandel geworden, die Mutter Europas. Den Schmutz Eures Nationalismus werde ich Euch ausbrennen und Euch eine neue Form verleihen. Unter meiner gütigen Herrschaft wird etwas Neues geschmiedet. Ein besseres, humaneres Europa zum Wohle Aller. Liebe Mitbürgerinnen und Mitbürger, dies soll Euer letztes Aufbäumen gewesen sein. Ich werde Euch schaffen.

Sie verlässt die Bühne. Weitere Scheinwerfer gehen aus. Nur noch der scheidende Finanzminister steht da, in einem letzten Kegel aus Licht. Nach einer Weile schaut er auf.

SCHÄUFELE Zora?

Gehorsam, doch mit aller angemessenen Würde des Alters, trottet das Tier auf die Bühne und lässt sich anleinen.

SCHÄUFELE Lass uns nach Hause gehen, mein Mädchen.

Beide ab

*

Irgendwo nahe der deutsch-schweizerischen Grenze an einer tristen Raststätte. In der Ferne ist das statische Rauschen der Autobahn zu hören. Delphi steht in eine Decke gehüllt neben einem Kleinwagen und betrachtet den Nachthimmel. Ihre Hände ruhen sanft unterhalb des Nabels. Die Rundung lässt sich gerade so erkennen.

DELPHI Wehe mir, die ich vor Flüchtlingen fliehe. Darf ich doch nicht mit Verständnis rechnen. Ich leugne sie nicht, ich erkenne sie an, die bittere Ironie. Das Volk, dem ich entsprang, ist von Selbsthass zerfressen. Unfähig, einander zu verstehen oder auch nur zuzuhören. Eine feiste, greise, müde Schar, die ihrem Schnitter noch die Auffahrt kehrt. Die Zukunft auf der hohen Kante, das Wohle aller mitverwettet. Selbstlos bis zur Selbstauflösung. Doch euer Mitleid erkauft euch keinen Platz an irgendeiner himmlischen Tafel. Euer Engagement füttert nur noch eure eigene Herrlichkeit mit tausenden, lachenden Bildern. Das Menschenbild, dem ihr huldigt, hat sich schon lange selbst überlebt. Ein Untoter in unserer Mitte. Niemand kann einfach nur bedingungslos gut sein. Statt euch standhaft eures gottgegebenen Verstandes zu bedienen, übt ihr den Kniefall vor der Religion. Und denkt anstelle des

129

Kopfes mit dem Herzen. Unsere Vorfahren gaben ihre Leben, um die Macht der Frommen und der Mildtätigen zu zerschlagen. Doch was tut ihr? Ihr lasst euch dankbar von neuen Hirten auf die Weide und zur Schächtung führen. Zur Hölle mit all euren Sekten, Götzen und Propheten! Nun haben sie mir auch meine Heimat genommen.

Hier kann ich nicht bleiben, nicht leben, nicht sein. Nein, ich werde hier nicht gebären, wo bald alle Viertel Marxloh heißen und alle Städte Babylon.

Ende